AF185987

Tucholsky Wagner Zola Scott Sydow Freud Schlegel
Turgenev Wallace Fonatne
Twain Walther von der Vogelweide Fouqué Friedrich II. von Preußen
Weber Freiligrath Frey
Fechner Weiße Rose von Fallersleben Kant Ernst Frommel
Fichte Richthofen
Hölderlin
Engels Fielding Eichendorff Tacitus Dumas
Fehrs Faber Flaubert
Eliasberg Ebner Eschenbach
Feuerbach Maximilian I. von Habsburg Fock Zweig
Ewald Eliot Vergil
Goethe Elisabeth von Österreich London
Mendelssohn Balzac Shakespeare
Trackl Lichtenberg Rathenau Dostojewski Ganghofer
Stevenson Doyle Gjellerup
Mommsen Tolstoi Hambruch
Thoma Lenz Hanrieder Droste-Hülshoff
Dach Verne von Arnim Hägele Hauff Humboldt
Reuter Rousseau Hagen Hauptmann
Karrillon Garschin Hauptmann Gautier
Defoe Baudelaire
Damaschke Descartes Hebbel Gautier
Hegel Kussmaul Herder
Wolfram von Eschenbach Schopenhauer Rilke George
Bronner Darwin Dickens Grimm Jerome
Campe Melville Bebel Proust
Horváth Aristoteles Voltaire Federer
Bismarck Vigny Barlach Heine Herodot
Gengenbach
Storm Casanova Tersteegen Grillparzer Georgy
Chamberlain Lessing Langbein Gilm Gryphius
Brentano Lafontaine
Strachwitz Claudius Schiller Schilling Kralik Iffland Sokrates
Bellamy
Katharina II. von Rußland Gerstäcker Raabe Gibbon Tschechow
Löns Hesse Hoffmann Gogol Wilde Vulpius
Luther Heym Hofmannsthal Gleim
Roth Klee Hölty Morgenstern
Heyse Klopstock Goedicke
Luxemburg Puschkin Homer Kleist
La Roche Mörike
Machiavelli Horaz Musil
Kierkegaard Kraft Kraus
Navarra Aurel Musset
Nestroy Marie de France Lamprecht Kind Kirchhoff Hugo Moltke
Laotse Ipsen Liebknecht
Nietzsche Nansen
Marx Lassalle Gorki Klett Ringelnatz
von Ossietzky May Leibniz
vom Stein Lawrence Irving
Petalozzi
Platon Knigge
Sachs Pückler Michelangelo Kafka
Poe Kock
Liebermann
de Sade Praetorius Mistral Zetkin Korolenko

Der Verlag tredition aus Hamburg veröffentlicht in der Reihe **TREDITION CLASSICS** Werke aus mehr als zwei Jahrtausenden. Diese waren zu einem Großteil vergriffen oder nur noch antiquarisch erhältlich.

Symbolfigur für **TREDITION CLASSICS** ist Johannes Gutenberg (1400 — 1468), der Erfinder des Buchdrucks mit Metalllettern und der Druckerpresse.

Mit der Buchreihe **TREDITION CLASSICS** verfolgt tredition das Ziel, tausende Klassiker der Weltliteratur verschiedener Sprachen wieder als gedruckte Bücher aufzulegen – und das weltweit!

Die Buchreihe dient zur Bewahrung der Literatur und Förderung der Kultur. Sie trägt so dazu bei, dass viele tausend Werke nicht in Vergessenheit geraten.

Marska

Ossip Schubin

Impressum

Autor: Ossip Schubin
Umschlagkonzept: toepferschumann, Berlin

Verlag: tradition GmbH, Hamburg
ISBN: 978-3-8424-1379-5
Printed in Germany

Ossip Schubin

Marška

Sie war ein armes, vernachlässigtes, herumgestoßenes Ding! –

Marie war sie getauft worden. Die Leute hießen sie Marška, – ihre Mutter hatte sie Mařenka genannt.

Seit langen Jahren hatte sie keine weitern Wünsche mehr gehabt, als nicht frieren müssen, nicht hungern, – nicht geprügelt werden!

Aber sie konnte sich doch noch einer Zeit entsinnen, wo es anders gewesen war! ... Damals, als ihr Mütterchen noch gelebt hatte! ... Wie laue Frühlingswinde und lachende Sonnenstrahlen zog die Erinnerung durch ihre jungen Glieder. –

Sie mußte sehr klein gewesen sein damals; denn das wußte sie genau, sie war sehr leicht müde geworden, und da hatte sie die Mutter auf den Arm genommen und getragen. Es war ein gar zu liebes Plätzchen für ihren kleinen Kopf zwischen dem Ohr und der Schulter der Mutter! – Und über die Schulter der Mutter hinüber sah sie in eine sonnige grüne, blühende Welt. Und dann, so nach und nach mitten im Schauen verschwamm die Welt, die Augen fielen ihr zu, und wenn sie aufwachte, lag sie im kühlen, grünen Gras, unter den weit vorgestreckten Zweigen eines Obstbaumes. Sie hätte sich gefürchtet, wenn sie nicht die Mutter erblickt hätte im Feld unten, und die Mutter rief ihr mitten aus der Arbeit aufmunternde Worte zu, oder kam sie auch herbei, brachte ihr ein Blümchen, ein Büschel roter Erdbeeren oder einen Kuß.

Es war schön da zu sitzen im weichen grünen Gras. Manchmal betrachtete die Kleine die Mutter, wie sie auf dem Felde herumhantierte, manchmal die Vöglein, die ober ihrem Köpfchen in den Zweigen des Obstbaums herumhüpften, oder auch die weißen Wolken, die lautlos über dem blauen Himmel hinschwebten, ineinander verschwammen, sich teilten und wieder vereinigten. Und wenn sie dieser Beobachtungen müde war, vergnügte sie sich damit, den rosa gesprenkelten Gänseblumen, die ihr aus dem Grase zulachten, die Köpfe abzureißen.

Dann lief sie ein kleines Stückchen – aber nicht weit – sie war viel zu vernünftig, um sich dem Schutz der Mutter zu entziehen.

Die Kinder der Armen lernen es bald, vernünftig zu sein!

Die Landstraßen wurden staubig und das Gras in den Straßengräben und an den Feldrainen trocken.

Der Schatten, welchen die Obstbäume von sich warfen, war nicht mehr so angenehm kühl, ihr Gewebe nicht mehr so dicht, wie früher – überall schien die Sonne zwischen den zusammengeschrumpften, rot punktierten, braun geränderten Blättern hinein. – Die Felder hatten eine andre Farbe; anstatt grün, waren sie gelb – aber wie gelb! ... Manche Felder glitzerten und leuchteten so, daß es aussah, als wüchsen Sonnenstrahlen aus der Erde. Das war auch hübsch, – aber es dauerte nicht lange. –

Männer mit bläulich in der Sonne blitzenden Sensen mähten den Erntesegen von der Erde weg und der Wind fegte über die struppigen, staubigen Stoppeln. –

Kurz darauf fing es an zu regnen; – es regnete ununterbrochen lange, und die Leute sagten, es regne den Sommer von der Erde weg! – aber aus den überschwemmenden Regengüssen erwachte die Welt zu einer neuen Verklärung! – Und obgleich der Sommer wirklich vorüber war, so blieb die Erde doch schön!

Alle Tage führte die Mutter Marenka in den Wald, – sie führte sie an der Hand, denn Marenka war zu groß geworden, um sich weiterhin tragen zu lassen.

Im Wald suchte die Mutter der Kleinen ein schönes Plätzchen, am liebsten neben einem Brombeerbusch. Dort mußte Marenka sitzen bleiben und auf das Mütterchen warten. Und während die Kleine von den süßen schwarzen Beeren in ihr Mäulchen stopfte, was ihr nur irgend gefiel, – sammelte die Mutter Schwämme.

Der ganze Wald leuchtete rotgoldig und durch das buntschimmernde Laub zog sich ein beständiges leises Rieseln und Knistern und Schauern!

Gelbe Blätter spielten in der lauen Luft, blieben einen Augenblick wie unentschlossen zwischen Himmel und Erde, und sanken dann leise, leise nieder auf den weichen Waldboden; amethystfarbenes Heidekraut wuchs ringsherum; an einigen Stellen glänzte gelber Herbstginster auf. Aus dem blaugrünen Schatten, tiefer im Dickicht, glühten rote Giftschwämme.

Die Mutter hatte der Kleinen eingeschärft, sich vor diesen zu hüten. –

Durch die klare, blaue Luft flatterten lange weiße Fäden. –

Ja, es waren schöne Tage, vielleicht die allerschönsten im ganzen Jahr, – aber es wurde bald dunkel, dann mußte man nach Haus. Das that der Kleinen leid.

»Mutter, warum geht die Sonne so bald schlafen jetzt?« hatte sie eines Abends die Mutter gefragt. Und die Mutter hatte, müde mit den Achseln zuckend, erwidert: »Weiß ich's ... wahrscheinlich, weil's der liebe Gott so will.«

Die arme Mutter schien ganz und gar daran gewöhnt zu sein, daß der liebe Gott Dinge wollte, die ihr unangenehm waren, – und sich hinein finden zu müssen, war eben der Lauf der Welt.

Marenka war anderer Ansicht. Ein Groll stieg in ihrem kleinen Herzen gegen den lieben Gott auf, der die Sonne zu bald untergehen ließ! – – – –

Die Mutter verkaufte die Schwämme für teures Geld, und da gab es gute Zeiten, ein neues warmes Kleid für Marenka und manchmal Zuckerwerk. –

Aber plötzlich wurde es kalt – die Schwämme hörten auf zu wachsen.

Tief in die Erde hineinwühlende Pflüge stürzten die Stoppeln auf den Feldern, von denen der Erntesegen längst verschwunden war, und ehe man sich dessen versah, lagen die Felder braun und kahl, einen traurigen, kaltfeuchten Geruch ausatmend, unter dem grau umwölkten Himmel.

Marenka saß wieder am Feldrain unter den Zwetschgenbäumen und kaute an den sauren, halbreifen Früchten, die von den Bäumen ins Gras fielen, und dabei sah sie der Mutter zu, die, ein trauriges Liedchen singend, mit weit ausgreifenden, einförmigen Gebärden Körner in die Erde streute.

»Was machst du, Mutter?« fragte sie eines Tages.

»Ich säe Getreide, – aus all den Körnern, die ich in die Erde werfe, werden grüne Halme, und jeder Halm hat eine Aehre,« belehrte die Mutter ihr kleines Töchterchen, – »und zum Schluß...« Sie hielt inne und hielt sich die Seite, weil ein Hustenanfall ihr die Sprache abschnitt.

»Und zum Schluß ... werden Sonnenstrahlen daraus,« rief Marenka und klatschte in ihre dicken, kleinen Patschen.

»Nein, zum Schluß wird Brot daraus,« versicherte die Mutter mit einem eigentümlich finsteren Blick.

»Ach Brot! ... Da wächst nächstes Jahr wohl recht viel Brot für uns – wir wollen die Mutter Gottes bitten, daß sie recht viel für uns wachsen läßt, – dies Jahr war zu wenig,« meinte Marenka, und dann nagte sie weiter an halbreifen Zwetschgen, mehr zum Zeitvertreib als um den Hunger ihres armen, kleinen Magens zu stillen, der sich in letzterer Zeit nie ordentlich mehr sättigen durfte.

Die Mutter hingegen fuhr fort, die Körner über die Erde zu streuen.

Eine große Schar von Raben flog schwarz und krächzend, mit dem schwerfälligen Flügelschlag, der an die Bewegungen von ungeschickten Schwimmern erinnert, über das Feld, flatterte eine Weile um das Haupt des jungen Weibes und eilte hierauf dem Kirchhof zu.

Die Mutter sang noch immer, aber ihr Lied war nicht weich und schmeichelnd wie die Wiegenlieder, mit denen sie im Frühjahr ihr Kind in den Schlaf gesungen hatte, sondern traurig wie das Lied des Sturmes in den sterbenden Bäumen.

Ueberhaupt war die süße Musik des Frühlings aus der Welt verschwunden, – das Klagen des Herbststurmes war so verschieden von den Liedern der Frühlingswinde, wie das Gezwitscher der Lerche verschieden ist von dem heiseren Gekrächze der Raben und Krähen.

Und der Sturm kreischte nicht nur häßlich, sondern er war auch kalt. – Es war keine Liebkosung mehr in der Luft! ...

Einmal, während Mařenka unter den halbkahlen Zwetschgenbäumen saß, fing sie an, bitterlich zu weinen, und als die Mutter herbeilief, sie nach dem Grund ihres Kummers zu fragen, da sagte Mařenka:»Aber Mütterchen, was hab' ich denn dem Winde gethan, er peitscht mich so, es thut weh!«

Die Mutter sagte nichts, sie küßte die Kleine und trug sie nach Haus.

Jetzt mußte die Kleine immer zu Hause sitzen, und es kamen gar keine schönen Tage mehr. Das Beste waren noch die Nächte, wo sie beim Mütterchen im Bett lag und sich unter Mütterchens Arm verkroch, um sich zu wärmen.

Manchmal, wenn sie nicht schlafen konnte, weil der Mond zu hell in das Zimmer schien, erzählte ihr die Mutter Geschichten.

Aber auch diese Freude dauerte nicht lange. Die Mutter wurde krank – sie hustete die ganzen Nächte, so daß Mařenka es nicht aushalten konnte neben ihr, und lieber auf einem Häufchen Stroh auf der Erde lag, neben dem Kachelofen, in dem des Nachts, doch noch etwas Wärme übrig blieb.

Die Gevatterinnen kamen mit ein wenig Unterstützung und sehr viel guten Ratschlägen. Sie rieten der Kranken, sich in das Spital zu begeben. Aber die Arme wollte sich nicht von ihrem Kinde trennen. Draußen konnte sie nicht mehr arbeiten, in der Stube aber schlich sie noch immer herum mit gekrümmtem Rücken und zitternden Händen und besorgte das Nötigste. Und Mařenka saß in ihrem Winkelchen immer am selben Fleck. Sie hatte ein so unangenehmes Gefühl, als sei jemand Fremdes im Stübchen, vor dem sie sich scheute, zu lachen und zu spielen, – und obzwar sie ihn nicht sehen konnte, wußte sie doch, daß er, da war. Es war schrecklich!

Mitten aus ihrer armseligen Arbeit heraus mußte sich die Mutter oft plötzlich auf den einzigen Stuhl setzen neben dem Bett und dort blieb sie hustend sitzen, die Hand in die Seite gestützt. Und wenn dann Mařenka ängstlich zu ihr herankroch, dann streichelte sie das Kind. Aber wenn die Berührung ihrer armen heißen Hände auch noch zarter, ihre Liebkosungen noch inniger waren als früher, so war doch nichts Ermutigendes, nichts Beruhigendes mehr darin, – Mařenka fing jedesmal an zu weinen, wenn die Mutter sie anrührte.

Eines Nachts hörte der böse Husten auf. Mařenka freute sich, und während sie auf ihrer Strohschütte zusammengekauert einschlief, dachte sie bei sich, daß nun alles wieder gut werden würde – die Mutter gesund, – die Erde wieder grün, – die Luft wieder lau.

Als sie aufwachte, war es Heller in dem Stübchen, als seit langer Zeit. An den Fensterscheiben glitzerte es so, als hätten die Engel über Nacht silberne Blumen darauf gemalt, und durch die silbernen Blumen schien die Sonne – ein breiter blauer Strahl fiel auf das Bett, wo die Mutter lag und schlief.

Wie gut sie schlief! Sie mußte ganz gesund geworden sein. Der Atem rasselte ihr nicht mehr in der Brust – ja man hörte sie gar nicht atmen – und ihr Gesicht war freundlicher, lieblicher als seit langer Zeit. –

Mařenka, die im Hemdchen und mit bloßen Füßchen neben dem Bette stand, fing an zu frieren. Da die Mutter nicht hustete, wollte sie ins Bett zu ihr, sich ein wenig wärmen. Sie kroch unter die zerlöcherte Decke. Erschrocken fuhr sie zurück – die Mutter war kalt ... kalt ... so kalt wie noch nie ein Mensch, den sie angerührt hatte in der Welt – kalt und steif! –

Als die Nachbarin, die über dem kleinen Flur drüben in derselben Hütte wohnte, durch das laute Schreien des Kindes aufmerksam gemacht, herbeikam, um zu sehen, was es gäbe, fand sie Mařenka im Bett neben einer Toten, die sie vergeblich durch erschrockenes Wehklagen und stürmische Liebkosungen aus ihrem tiefen Schlaf zu wecken versuchte!

Von nun an war alles schrecklich in dem Leben des Mädchens. Gleich das stürmische Mitleid der Nachbarinnen, die zusammenliefen, um das Kind darauf aufmerksam zu machen, wie unglücklich es sei, daß es nun keine Mutter habe.

Eine schrie lauter als die andre: »Das ist ein Unglück, ein Unglück, ein Unglück ... du bist eine Waise – eine Waise ... eine Waise!

Warum weinst du denn nicht? Begreifst du denn nicht, daß du eine Waise bist?«

Die Kleine stand zwischen ihnen blaß, zitternd, mit einem unheimlich kalten Gefühl in der kleinen Brust, als seien ihr vor Schrecken alle Thränen im Herzen zu Eis erstarrt! – –

Seit jenem Tage ging's der armen, verwöhnten, kleinen Mařenka schlecht. Seit jenem Tage hieß sie Marška!

Natürlich schleppte man sie mit auf den Kirchhof, wo die Mutter auf Gemeindekosten begraben wurde. Man zeigte ihr die Grube, in welche der armselige Sarg an knarrenden Stricken herabgelassen ward, – und als das bis dahin starre, thränenlose Kind, ehe man sich dessen versah und es hätte hindern können, plötzlich mit einem dünnen und durchdringenden Schrei in das Grab sprang, – da ergötzte man sich weinend an der unbeholfenen, sich im Dunkeln herumquälenden Verzweiflung des armen Dings, wie an einer Schauerkomödie!

Man verschwendete viel aufmunterndes Gerede an die arme Waise, aber es war nichts Erwärmendes dabei. Noch einige Tage nach dem Begräbnis der Mutter umschwirrte das wortreiche Mitleid Mařenkas müdes Köpfchen, – dann verstummte es – und von da an ging es Marška wie es allen Kindern geht, die auf Gemeindekosten erzogen werden; nur drückte sie ihr Schicksal peinlicher, als es andre Gemeindekinder drückt, weil sie nicht vergessen konnte, wie gut sie es ehemals gehabt hatte.

Die Leute, welche ihre Verpflegung übernommen hatten, ärgerten sich über sie, weil sie so stumpf und finster einherging und ihr weder schlechte noch verhältnismäßig gute Behandlung einen Eindruck zu machen schien.

Eines Tages war sie plötzlich verschwunden. – Nach langem, vergeblichem Suchen fand man sie halb erstarrt auf dem Grab ihrer Mutter. Sie hatte mit ihren kleinen Händen die Erde aufgewühlt, so tief sie konnte, worüber sie dann weinend und müde eingeschlafen war!

Das slavische Volk ist allen gefühlvollen Regungen zugänglich –, es weint mit Genuß. Marškas Pflegeeltern erzählten die Geschichte dem ganzen Dorf und ein paar Tage ging's dem kleinen Mädchen gut. Aber die Rührung nützte sich ab. Die Summe, welche die Gemeinde für Marškas Unterhalt aufbringen konnte, war gering und die Pflegeeltern waren arm. Wenn das Mitleid des Volkes mit dem Hunger in Kampf gerät, da zieht das Mitleid den kürzeren. So war denn Marška bald wieder die letzte im Haus – durfte erst essen, wenn alle andern satt waren. – – – In das Gefühl grenzenloser Vereinsamung und Verstoßenheit, welches sie immer mit sich herumtrug, mischten sich Hunger, Kälte und Schläge. Aus all dem heraus entwickelten sich bei dem Kind häßliche Defensiv-Eigenschaften, List, Verlogenheit, und das Edle in ihr verkümmerte.

In die Schule hatte man sie wohl geschickt, und dort hatte sie außer ein wenig Lesen und Schreiben noch gelernt, daß es einen Gott gebe. Als man ihr's gesagt, hatte sie sich so dunkel erinnert, daß ihr Mütterchen ihr einmal von ihm gesprochen, aber in ein freundliches Verhältnis trat sie zu ihm nicht. Man erklärte ihr immer, daß sie ihm Dank schuldig sei, aber – sie begriff nicht wofür! – In die Kirche kam sie nie mehr, seitdem ihre Schulpflicht vorbei war. Sie hatte keine Kleider, in denen sie sich in der Kirche hätte zeigen können.

Seit einem Jahre diente sie in einer Bauernwirtschaft. Man war leidlich zufrieden mit ihr. Sie that alles, was man von ihr verlangte, soweit ihre Kräfte reichten. Wenn ihre Kräfte nicht reichten, log sie sich Entschuldigungen zurecht, und wenn das nichts nützte, ließ sie sich prügeln. So, gedankenlos stumpf, bis auf eine nie ganz zu beschwichtigende Furcht vor ihren Brotgebern, ging sie ihrer Arbeit nach, wie ein Lasten ziehendes Tier, das sich im ganzen Tag auf nichts andres zu freuen hat, als auf den Moment, wo man ihm sein Geschirr abschnallen wird und wo es seinen Hunger stillen kann! –

Aber seit einiger Zeit beschäftigten sich ihre Gedanken doch noch mit etwas anderm, als mit der Frage »wann werd' ich mich ausruhen, wann werd' ich mich sättigen können?« Und zwar war es folgendes Problem, welches sie beschäftigte. Warum sahen sich alle Mädel nach ihr um, wenn sie vorüberging? und die Burschen noch öfter, – und warum waren die Burschen jetzt alle so freundlich mit ihr, die Mädel aber viel mürrischer als zuvor? Die Mädel sahen sie manchmal so mißtrauisch an, als ob sie Angst hätten, daß sie ihnen etwas stehlen könne, – und die Burschen ... ja für den Ausdruck, den sie aus den Blicken der Burschen herauslas, hätte sie noch schwerer die richtige Bezeichnung finden können. Fast hätte sie sagen mögen, daß etwas .... etwas einschmeichelnd Auflauerndes aus ihren Augen sprach.

Die Mädel fürchteten sich vor ihr, und die Burschen wollten etwas von ihr ...

Was? ...

Es war ein schöner, sonniger Morgen im Frühherbst, als sie sich gerade darüber den Kopf zerbrach. Die Adlersbeerbäume, Ahorn- und Haselnußstauden lohten schwefelgelb und rot, wie Flammen in den blauen Himmel hinein, und der Tau lag silbrig auf den weißlichen Spinneweben, die sich von einer der spärlich blühenden Herbstblumen zur andern zogen. Es war alles sehr still, die Gänse weideten eifrig und schweigsam. Mit einemmal streckten sie die Hälse vor, durch das leise Knistern und Schauern des Herbstwaldes klang ein elastischer Schritt. Dann krachte es in den Büschen, die roten und gelben Aeste am Waldrand bogen sich dahin und dorthin wie von einem Windstoß auseinandergerissene Flammengarben, – und aus dem Walde sprang, einen vordringlichen Ast noch in jeder Hand, ein schöner, blonder junger Mensch. Er trug hohe Stiefel, gelbe Lederhosen, ein kurzes Wams und eine runde Pelzmütze und gehörte offenbar dem wohlhabenderen Bauernstande an.

»Endlich! ... Gottlob! ... Die Sonne und freies Feld!« rief er und als er der kleinen Gänsemagd gewahr wurde, die ihn aus großen runden Augen anstarrte, fügte er hinzu: »Ich hatte mich da im Walde verirrt und die Richtung verloren. Kannst du mir nicht den Weg weisen nach Slawin, Kleine?«

Sie nickte – und deutete mit der Hand nach einem Dorf, das mit sehr weißen Mauern und schwarzen Strohdächern aus der goldüberschimmerten blauen Ferne aufragte. Mitten zwischen dunkelnden Wäldern lag es hingestreckt.

»Danke,« sagte er, dann etwas näher an sie herantretend, rief er aus: »Donnerwetter, bist du ein hübsches Mädel!« und sein Blick blieb an der jungen Gänsemagd hängen.

Aber der Blick war ihr nicht unangenehm, wie die Blicke der andern Burschen. Es sprach nichts Zudringliches aus ihm, nur eine gutmütig aufmunternde Bewunderung.

»Kennst du Slawin?« fragte er.

»Ja.« Sie nickte.

»Und kommst du übermorgen zu dem Fest?«

Sie schüttelte den Kopf. »Was Euch einfällt,« erwiderte sie.

»Schade,« sagte er treuherzig.

»Warum schade?«

»Weil ich gern mit dir getanzt hätte am Sonntag bei der Hochzeit.« »Ah! Da meint Ihr wohl die Hochzeit der schönen Ruzena, der Tochter des Wirts?«

»Ja, eben die meine ich.«

»So, und seid Ihr vielleicht der Brautführer, der erwartet wird, und von dem ganz Slawin spricht? Ich weiß es, weil ich Montag dort auf dem Jahrmarkt war, – der reiche junge Bauer, auf den sich alle Mädchen freuen, von dem sie erzählen, daß er fünfzig Strich Feld hat und zehn Stück Vieh. Aber das ist wohl nur ein Märchen, denn so viel hat kein Mensch auf der Welt!«

Er lachte. »Hm! hm! Wer weiß, was nicht ist, kann werden ... in Bezug auf meinen Reichtum mein' ich. Aber sag mir. Kleine, da du nun schon einmal, wie's scheint, Ohren und Augen hast überall – sag mir, kennst du auch die Schwester der Braut, die Stasa, die man mir zur Kranzeljungfer bestimmt hat? Ich für meinen Teil kenne von ihr bis heute nur ihren Namen – ich war seit meinem fünften Jahr nicht in Slawin, obzwar der Vater der Ruzena, der Lammwirt, meiner Mutter Bruder ist. – 's ist eine volle Stunde mit der Eisenbahn und noch zwei Stunden zu gehen von meiner Heimat bis nach Slawin. Zu solchen Ausflügen hat unsereins höchstens Zeit im Winter, und da lohnt sich's nicht. Aber als nächsten Anverwandten haben sie mich zur Hochzeit geladen, und da bin ich nun sehr begierig, was meiner harrt. Also wie sieht sie aus, meine Kranzeljungfer?«

»Schön!« versicherte mit Ueberzeugung die junge Gänsemagd.

»So! Was nennst du schön?«

»Sie ist dick und volle weiße Arme hat sie und einen schönen Hals. Niemand möchte auch nur erraten, daß sie Knochen darunter hat. Und weiß und rot ist sie im Gesicht, wie Blut und Milch und einen dicken blonden Haarzopf hat sie.«

»So, hm! Blond ist sie? – Schade – mir gefallen die Schwarzen besser, selbst wenn sie ein wenig mager sind.« Er lächelte mutwillig und zeigte dabei seine weißen gesunden Zähne. Sein Lächeln kleidete sein braungebranntes, hübsches, bartloses Gesicht sehr wohl! »Schau doch, daß du zu dem Feste kommst am Sonntag. Wenn du kommst, so wollen wir miteinander tanzen. Sei brav. Kleine, versprich mir, daß du kommst.«

»Ich werde kommen, wenn ich kann!« sagte Marška langsam feierlich, als habe sie eine ernste bindende Verpflichtung auf sich genommen.

»Gut – also auf Wiedersehen – mit Gott, Mädchen! Sag mir nur noch, wo geht mein Weg?«

Sie deutete mit der Hand nach der Straße: »Dort hinauf nach rechts, dann quer durch den Wald.« »Ich danke! ... Also auf Wiedersehen ... Sonntags.« Er ging. ... Noch einmal sah er sich um ... dann war er fort.

*

Ihr war leid, daß er fort war. Noch nie hatte ihr ein Bursche so gut gefallen wie er. Ihr war jedesmal so angenehm zu Mut geworden, wenn er sie ansah. Sein Blick hatte für sie die Welt aufgehellt und das Leben durchwärmt! Er hatte ihr gesagt, daß sie hübsch sei. Im Traum wär' ihr so etwas nicht eingefallen. Eine große Unruhe durchschlich sie – ein Wunsch, sich von ihrer Schönheit Rechenschaft zu geben, sie betrachten, prüfen zu dürfen.

Irgendwo mußte sie zu einem Spiegel gelangen. In der guten Stube der Bäuerin hing einer, über einer Kommode, halb und halb von einem kleinen Muttergottesschrein versteckt. Man mußte sich auf einen Sessel stellen, um sich darin betrachten zu können. Aber sie wollte es doch versuchen.

Nachdem sie die Gänse nach Hause getrieben, auch sonst das Nötigste in der Wirtschaft besorgt hatte, schlich sie sich in die gute Stube hinein, stieg auf einen Stuhl, schob den Muttergottesschrein beiseite und tauchte nun unbehindert den Blick in den mit einem altmodischen, geschliffenen Glasrahmen versehenen Spiegel. Sie sah dunkelrote, volle Lippen in einem blassen, kleinen Gesicht, eine kurze Nase mit ziemlich stark aufgeschweiften Nasenlöchern, große, dunkelblaue Augen, schwarz umwimpert und schwarz überwölbt, dazu über einer niedrigen Stirn einen Wald verstaubten und zerzausten schwarzen Haares. Das Kinn war breit, unter dem rechten Mundwinkel halb versteckt ruhte ein winziger schwarzer Schönheitsfleck, die rosigen Ohren, eng an dem Kopf liegend und klein, waren von seltener Schönheit. Etwas halb Wildes und doch zugleich Edles sprach aus diesem Antlitz. Die kleine Gänsemagd gefiel sich und lächelte sich zu, – dabei wurde sie noch hübscher.

Von dem Gesichtchen glitt ihr Blick tiefer herab. Die Thränen traten ihr in die Augen und ihre blassen Wangen färbten sich. Ein bitterer Verdruß, in den sich eine Art Scham hineinmischte, hatte sie ergriffen beim Anblick ihres schmalen, halb entwickelten Körpers, der nur dürftig mit einem Röckchen bedeckt war, durch dessen Löcher an verschiedenen Stellen die weiße Haut schimmerte, und mit einem derben Hemdchen, das den Hals, und die Arme gänzlich frei ließ.

Sie wendete sich von dem Spiegel ab, rückte den Muttergottesschrein an seine alte Stelle und verließ die Stube.

»Wie hat er nur daran denken können, mit mir zu tanzen!« knirschte sie vor sich hin und ballte die Fäuste vor Wut – »so eine Fetzenpuppe und Vogelscheuche, so ein armseliger Haderlump wie ich bin! Ja, wenn ich ein ordentliches Kleid hätte! Aber wie sollt' ich mir das verschaffen?«

Darauf wußte sie vorläufig keine Antwort. Aber ganz genau wußte sie jetzt, warum die Burschen ihr alle nachgafften, – warum die Mädchen so mürrisch gegen sie geworden waren und die Burschen so freundlich. Und sie wunderte sich und schalt sich recht dumm, daß sie es früher nicht erraten hatte.

*

Es war am Nachmittag des nächsten Tages – Marška kam aus einem Nachbarstädtchen, wohin man sie geschickt hatte, Pflaumen abzuliefern. Ihrer Last ledig, etwas müde von dem langen Weg, hatte sie mit schlenkerndem Schritt, den Rückenkorb faul an einem Tragband über der Schulter, den Heimweg angetreten.

Das Städtchen, welches außer einer wunderthätigen Marienkirche auch noch eine Kavalleriekaserne enthielt, lag an der Heerstraße – etwas abseits von St. Pankraz, dem Heimatsdorf Marškas, und auch abseits von Slawin.

Der Weg war weit gewesen, die Sonne war im Sinken. Die Schatten der beiden spitzigen Türme der wunderthätigen Marienkirche streckten sich bereits lang über die flachen Roggenfelder hin, welche sich von Kosteletz – so hieß das Städtchen – bis zu dem Wald zogen, einem großen alten Wald, in dem mächtige, rotstämmige Kiefern mit breiten an Pinien erinnernden Kronen neben alten Eichen in den Himmel aufragten.

Sie war in tiefes Nachdenken versunken. Immerfort sah sie den hübschen Burschen vor sich, wie er sie aus gutmütigen blauen Augen angelacht, und ihr zugerufen hatte: Auf Wiedersehen!

Auf Wiedersehen! ... Wo? ... Bei dem Fest in Slawin – dort wollte er mit ihr tanzen.... Aber wie sollte sie zu dem Fest... in diesen Lumpen? ...

Mit einer Art Verzweiflung sah sie an sich nieder und ballte die kleinen braunen Fäuste.

Heute bei dem Krämer, dem sie die Pflaumen abgeliefert, hatte sie fünf Gulden auf einer Ecke des Ladentisches gesehen. Einen Augenblick war ihr der Gedanke gekommen, dieselben mit dem Ellenbogen auf die Erde zu stoßen, dann zu sich zu nehmen. Aber vor dem Stehlen scheute sie sich. Aus dem Lügen machte sie sich nicht viel, aber das Stehlen war doch eine andere Sache. Einen Dieb zu entdecken, dazu stellten sich die Leute viel eifriger und geschickter an, als einem Mörder auf die Spur zu kommen. Vielleicht weil ihr eigen Geld und Gut ihnen näher am Herzen lag als das Leben ihres Nächsten. – Und, wenn einmal einer auf einem Diebstahl ertappt worden war, da wurde er aus dem Dienst fortgejagt und keiner sah ihn mehr an! – Nein, das Stehlen war ausgeschlossen. Also was thun? ... Wie zu den paar Groschen gelangen, die ihr die Möglichkeit erschlossen hätten, das Fest zu besuchen? --

Die Luft wurde kühl – die Straße einsam. Eine lange Strecke war Marška ganz allein gegangen – jetzt kam aus dem Wald, in den die Heerstraße mündete und der bereits dunkel vor ihr ausgestreckt lag, ein Dragoner gegangen, in roten Stiefelhosen, roter Mütze und hellblauem Rock mit gelben Aufschlägen.

Er hielt ein brennendes Pfeifchen im linken Mundwinkel, eine Hand in der Hosentasche und lachte über sein ganzes breites, flaches, sonnverbranntes Gesicht ... Eine kreischende Frauenstimme schimpfte hinter ihm her ... und sich umsehend, erblickte Marška am Waldrand eine sonderbare Erscheinung – ein Frauenzimmer in einem langen, losen, an ein Totenhemd erinnernden Gewand, und mit einem Kranz von welken Blumen auf ihren zerzausten roten Haaren. Ihre Züge zeigten Spuren von ehemaliger großer Schönheit, aber ihre Gesichtsfarbe war fahl, und der Ausdruck ihrer hellgrünen Augen leer und stier.

Ein Stein sauste knapp an Marškas Kopf vorbei, die Fremde hatte ihn dem Dragoner nachgeworfen.

Marška wurde unheimlich zu Mut.

Sie zögerte ein wenig. Ehe sie sich's versah, war die seltsame Frauensperson auf sie zugetreten, und als Marška erschrocken zurückweichen wollte, hatte sie die Kleine am Arm gepackt.

»Was willst du von mir?« fragte Marška.

»Nichts ... nur dich ansehen... du bist hübsch ... hm!« murmelte die Fremde.

Sie begann eigentümlich mit dem Kopf zu wackeln, dann mit etwas Lauerndem in ihrem stieren Blick, den Hals vorstreckend, fragte sie: »Hat dich schon ein Bursche unglücklich gemacht?«

»Nein,« erwiderte, trotzig ihr Köpfchen zurückwerfend, Marška, »ich will mir das anders einrichten – die Burschen will ich unglücklich machen – mir sollen sie nichts anhaben!«

Die Fremde wackelte noch immer mit ihrem zottigen Haupt. – »Gute Vorsätze,« murmelte sie, »gute Vorsätze ... nur unglücklich machen, viele, recht viele ...!« Sie ließ Marškas Arm los und verzerrte die Hände wie Vogelklauen, mit denen sie etwas hätte zerreißen mögen. Dabei lachte sie, ein heiseres, flaches Lachen, das genau wie das eines Käuzchens klang, dann die Hände sinken lassend, seufzte sie: »Vorsätze... ich hatte auch Vorsätze ... alle wollte ich unglücklich machen... Dann ist einer gekommen ... hat mich unglücklich gemacht ... hat mir das Herz entzwei gebrochen, so ... so ... es thut weh, mit einem gebrochenen Herzen in der Welt herum laufen zu müssen!«

Marška hatte es längst erkannt, daß sie es mit einer Geisteskranken zu thun hatte.

Hilfe suchend sah sie sich um, ob der Dragoner noch in Sicht war, – der aber war längst verschwunden. Die Sache fing an ihr recht gruselig zu werden – um so mehr, als sie nun den langen Weg quer durch den einsamen Wald vor sich hatte. – Jedesmal, wenn sie Miene machte, weiter zu gehen, hielt die Fremde sie fest. Momentan blieb nichts übrig, als ihr nachzugeben, – ihr zu widersprechen, wäre gefährlich gewesen. – So stand Marška unbeholfen vor der unheimlichen Person, die sie von neuem mit ihren kalten, harten Fingern am Arm gepackt hatte. – Da die Fremde aber jetzt nichts that, als mit dem Kopf wackeln und seufzen, so wurde die Sachlage nicht nur unheimlich, sondern auch eintönig.

»Wie heißt Ihr eigentlich?« fragte Marška, um das Gespräch von neuem in Gang zu bringen und auf diese Art die Fremde vor allzu exzentrischen Einfällen zu bewahren.

»Wie ich heiße ... weiß nicht mehr ... hab's vergessen. – Närrin nennen sie mich ...«

»Und wer bist du?«

»Wer soll ich sein?« Sie zuckte unter ihrem hellgrauen Leichenhemd mit den mageren Achseln – eine Gefallene bin ich. ... Sie sagen, ich hätte mein Kind umgebracht ... ich weiß nichts davon! ... Uh!« Sie stöhnte.

»Und was thust du hier?«

»Was ich thu'? Ich warte auf jemand,« flüsterte sie, »auf meinen Schatz. Er muß hier vorbei kommen mit seinem herrlichen Wagen, – die Pferde mit goldenen Geschirren, und er in einem Königsgewand. Er ist reich ... ein Fürst ist er, und wird mich abholen – zur Hochzeit! ... Hörst du? ... Eine böse Fee, die ihn auch liebt, die hat mich eingesperrt in eine Burg mit vergitterten Fenstern ... und täglich hat sie mich schlagen lassen ... und es hat weh gethan! ...« sie rieb sich mit einer Hand den Rücken – »weh ... aber jetzt ist's vorbei! Ich hab' mich davongemacht, hörst du ... entflohen bin ich ... und jetzt wart' ich auf ihn ... er muß kommen. Aber es ist schon spät ... spät. Die Zeit wird mir lang. Um mir sie zu vertreiben, werfe ich mit Steinen nach den Buben, die mich zum besten halten wollen... oder ich singe ... Kennst du das Lied von den drei Rosen?«

Marška schüttelte den Kopf.

»Ach, es ist ein schönes Lied.« Mit einer krächzenden, gebrochenen Stimme hub die Närrin an:

Drei rote Rosen am Uferrand,
Wo er mit mir sich in Liebe fand –

Drei spitze Dornen in meinem Fuß,
Seit früh und spät ich ihn suchen muß! ... Komm ...
komm ... komm!

Ein Kränzlein auf Haaren leuchtend wie Gold,
Ein Lächeln auf Lippen von Liebe hold ...
Zerrissen das Kränzlein, getaucht in Blut,
Ein totes Kind in der Erde ruht ... Komm... komm...
komm!

Die Närrin hatte sich jetzt dermaßen in ihr Lied hineingesungen, daß ihr darüber die Teilnahme an allem andern abhanden gegangen war. Sie schien Marška nicht mehr zu sehen. Diese benützte die Gelegenheit, sich fortzuschleichen. Sie ging rasch. Mit großer Genugthuung nahm sie wahr, daß die Stimme der Närrin aus immer weiterer Ferne zu ihr herüberklang, daß dieselbe ihr daher nicht nachgelaufen war, sondern noch immer am Waldrand auf ihren Schatz wartete.

Kaum daß sie sich vor dem rothaarigen Frauenzimmer in Sicherheit fühlte, eilten ihre Gedanken von neuem zu dem Punkt zurück, von dem sie die schreckhafte Begegnung am Waldrand losgerissen hatte.

Wie ... auf welche Art war es denn zu machen, daß sie das Fest besuchen könnte in Slawin? ... Wie sich den nötigen Putz verschaffen, um auf dem Tanzboden erscheinen zu können?

Der Sonnenuntergang glühte wie eine mächtige Feuersbrunst hinter den kupferfarbigen Kieferstämmen und dem düsteren Gezweig der Fichten. – Ueber dem Waldboden schwebte rötlich goldener Duft! Marška, von dem Eilschritt ermüdet, mit dem sie der Närrin davongelaufen, warf sich auf den grünen Rasenstreifen nieder, der am Waldrand neben der breiten Heerstraße entlang lief. –

Ihre Verzweiflung über die Hindernisse, die sich ihrem Besuch des Festes entgegenstellten, war so groß, daß sie plötzlich anfing zu weinen. Sie stützte den Ellenbogen auf die Kniee und ballte die Faust. »Dem Teufel möcht' ich mich verkaufen für ein gutes Kleid!« murmelte sie.

Aus der Ferne tönte das Rollen und Knarren schwerer Wagenräder. Marška blickte die Heerstraße hinauf und hinunter – da war nichts zu sehen. Aber durch eine der Nebenstraßen, die, den Wald durchquerend, auf die Heerstraße mündeten, nahte etwas – das sie anfänglich nicht erkennen konnte, das aber durch den Abendduft wie lauteres Gold blitzte. –

Bald stellte es sich heraus, daß das gelb Leuchtende und Blitzende die Messingbeschläge an den altväterischen Geschirren von zwei starken Pferden war, die einen mit weißem Zelt überdachten Karren zogen. Neben dem Karren ging ein Mann mit einem breitkrempigen schwarzen Hut, einem roten Halstuch und einem blauen Fuhrmannshemd, über einem Paar in die Stiefel hineingesteckten schwarzen Lederhosen. Er hatte ein sonnverbranntes, scharfgeschnittenes Gesicht, das von einem zottigen, schwarzen Bartkranz eingerahmt war. Seine ebenfalls schwarzen Augenbrauen begegneten sich über der Nasenwurzel, und sein Mund, der unter seiner langen Oberlippe gänzlich bloßlag, war breit und gierig. Sein linkes Ohr war mit einem kleinen goldenen Ring durchzogen – aus dem Mund hing ihm anstatt einer Pfeife eine rote Mohnblume, an deren Stengel er kaute. –

Als er des einsamen Mädchens ansichtig wurde, blieb er stehen und die Brauen noch finsterer zusammenschiebend, als sie von Natur gewachsen waren, warf er einen bewundernden Blick auf das junge Ding. »Sieh da, holde Schönheit, warum weinst denn du?« fragte er.

»Was geht's Euch an?« erwiderte sie trotzig.

Aber der Trotz kleidete ihr verführerisches Gesichtchen noch besser als die Sanftmut, weshalb auch der Fuhrmann wenig Lust an den Tag legte, sich mit diesem Bescheid zufrieden zu geben.

»Hm!« Er lachte und zeigte dabei sein scharfes, weißes Raubtiergebiß, an dem die Länge der Augenzähne besonders auffallen mußte. »Was mich's angeht? ... Nicht viel...nur...Thränen, die aus so hübschen Augen wie die deinen fließen, möchte jeder Mann gern trocknen. Sag mir den Grund deiner Traurigkeit – vielleicht räum' ich dir ihn aus dem Weg.«

Er band den Pferden den Habersack um, offenbar damit sie still halten möchten.

»Nun, willst du nicht sprechen, Mädchen?« fragte er die kleine Magd und dabei legte er sich neben sie in dem giftgrünen Rasen auf die Brust, stützte die Ellenbogen ins Gras und das Gesicht zwischen die braunen Fäuste. Er hatte Augen, wie Marška solche noch bei keinem andern Menschen wahrgenommen hatte. Man sah das Weiße über den Augensternen und die über der Nase zusammengewachsenen Brauen beschrieben fast ein Dreieck.

»Warum hast du geweint?« Diesmal klang seine Stimme hart und befehlend.

Sie fing an sich zu fürchten, fast noch mehr als vor der Närrin.

»Nun, wenn Ihr's wissen müßt,« erwiderte sie, »ich weine, weil ich arm bin!«

Er lachte hart und grell auf.

»Ein so schönes Mädel, wie du bist, ist nie arm. Das ist immer reich, wenn es reich sein will,« versicherte er, dann die Hand auf ihr Röckchen legend. »Hm! Und was möchtest du dir denn vor allem kaufen, wenn du plötzlich reich geworden wärst?« fügte er hinzu.

»Hm!... Ein schönes Kleid und glänzende schwarze Schuh', um das Fest besuchen zu können am Sonntag in Slawin,« erwiderte sie. Sie drückte die Hände gegen ihre leichtgewölbte junge Brust, die sich unter dem zerfetzten Hemdchen hob und senkte – und ihre großen blauen Augen wurden noch größer als gewöhnlich vor Verlangen. –

»Teufelsmädel!... Und wenn ich dir's schaffte... dein neues Kleid?« fragte der Fuhrmann. –

»Was höhnt Ihr mich,« erwiderte sie ärgerlich. »Ihr werdet es ja doch nicht thun!«

Wieder war ihr Gesicht voll Trotz – dem Trotz, der sie so gut kleidete.

»Wer spricht von Höhnen? ... Ich schenk' dir das Kleid, – aber was gibst du mir dafür? – Sprich!« Er hatte sie um den Leib gefaßt – sie schrie auf.

Eigentlich hätte es ihr nicht viel genützt, denn die Straße war einsam und kaum jemand in der Nähe, der ihr zu Hilfe hätte kommen können. Nichtsdestoweniger ließ er sie los. »Gethue mag ich keins,« erwiderte er kalt – »willst du dein neues Kleid oder willst du's nicht?« –

Marška blieb stumm – ihr Herz pochte – überlegte sie – dachte sie? – Ja, sie dachte bloß nur das eine, immer wieder das eine: »Wenn ich doch das Fest besuchen könnte in Slawin!«

Der Fuhrmann flüsterte ihr ins Ohr: »Ich will dir etwas sagen – komm mit mir auf meinen Wagen – ich bin ein Kaufmann, weißt du, und muß immer Putz anschaffen für die Mädel in der Gegend. Viel schöne Kleider hab' ich da oben – und das allerschönste suchst du dir aus!« – –

*

Die Sonne war untergegangen, der Himmel war blaß, fast weißlich, mit einer Spur Grün darin bis auf eine große, schiefergraue Wolkenmauer am östlichen Horizont, aus der jetzt der Mond heraufstieg, als der schwere Karren des Fuhrmanns kurz vor dem Ende des Waldes stehen blieb.

Marška sprang heraus. – Kaum hatte sie mit den Füßen die Erde berührt, als etwas undeutlich Graues, Spukhaftes aus dem Wald auf sie losfuhr. Es war die Närrin, die ihr die kalten Hände an den Hals legte und sie zu drosseln begann.

Der Fuhrmann riß sie von dem Mädchen los und hieb ihr zugleich mit der Peitsche über den Rücken. Da kauerte sich die Närrin zu seinen Füßen nieder, die sie mit ihren Armen umschlang und mit Küssen bedeckte. Ohne die weitere Entwicklung des unangenehmen Auftritts abzuwarten, eilte Marška davon, so rasch sie ihre flinken Füße tragen konnten.

Erst, als sie fast ihr Heimatsdorf St. Pankraz erreicht hatte, blieb sie stehen und blickte mit großen, katzenartig leuchtenden Augen nach der Richtung hin, wo die Fenstervierecke eines Dorfes rot aufzuleuchten begannen aus der Ferne, in die rasch sinkende Dämmerung hinein. Das Dorf war Slawin!

Sie hielt ein Geldstück und ein Bündel in der Hand.... Nun würde sie doch das sonntägliche Fest besuchen können. – Freilich hatte sie einen großen Preis dafür bezahlt. Sie hatte sich dem Teufel verkauft. Zu Hause wurde sie zwar gescholten wegen ihrer verspäteten Rückkehr; – aber der Erlös für die Pflaumen war so reich, daß man ihr die Unpünktlichkeit verzieh. Im übrigen erklärte sie dem Bauern, ihr langes Ausbleiben sei darauf hinauszuführen, daß sie sich bei einer alten Tante aufgehalten hatte, und setzte hinzu, die Tante habe ihr ein Kleid geschenkt.

*

Die Hochzeit der Ruzena war glänzend ausgefallen. Man hatte gegessen und getrunken, bis man nicht mehr konnte. Die alten Bauern waren alle stark erhitzt und die Bäuerinnen auch. Die Ehepaare tanzten miteinander. – Manchmal drehte sich ein altes Weib allein herum und jauchzte dazu. Die Männer machten derbe Witze und blinzelten. Der Bräutigam war wie besessen, er schwenkte die Braut herum, als ob sie ein lebloser Besenstiel gewesen wäre, und drückte sie an sich, daß ihr alle Knochen wehe thaten. Sie ließ es ruhig über sich ergehen. Sie wußte, das müsse so sein. Später würde wohl eine Zeit kommen (sie rechnete bestimmt darauf), wo sie den Pantoffel schwingen würde über ihm, nicht nur wie ein Scepter, sondern wie einen Knüppel. Vorläufig aber frommte es ihr besser, das geduldige Lämmchen zu spielen. –

Es war ein großer, niedriger Saal, in dem sie tanzten. Das Gebälk an der Decke war braun,– die Wände aber waren grell weiß getüncht, unten, vom Boden aufwärts, mit einem breiten, grünen Streifen geschmückt, aus dem schwerfällig gemalte, mehr oder minder stilisierte rote Georginen und gelbe Sonnenblumen herausragten. Die Porträts der beiden Majestäten hatten sich noch nicht in diesen weltvergessenen Winkel verirrt, Farbendruckbilder und Waschgoldrahmen wären für Slawin ein unerhörter Luxus gewesen! Als einziger Schmuck hing an den Wänden – der Thür, durch welche man eintrat, gegenüber – an einem rotgestrichenen Holzkreuz ein unbeholfen geschnitzter Christus mit ergreifendem Schmerzenszug in dem Gesicht, auf dem unter der Dornenkrone lange rote Blutstropfen gemalt waren. Ein welkes Erntekränzchen hing über seinem Haupt und versteckte zum mindesten teilweise sowohl die Dornenkrone als die Blutstropfen. –

Außer einer schmalen Bank, die um den in einer Ecke befindlichen großen, grünen Kachelofen angebracht war, und einigen ebenfalls schmalen Bänken an den Wänden, bestand die ganze Zimmereinrichtung aus einem großen Kredenzschrank mit einem oben giebelartig abgerundeten, verglasten Aufsatz auf einem breiten, hölzernen Unterbau. Auf den grünen Füllungen des Unterbaues waren mit naivem Geschmack und unbefangener, herkömmlicher Geschicklichkeit Rosen, Nelken und Tulpen in blauen Kännchen aufgemalt. In einem anstoßenden Raum saßen an den langen Tischen diejenigen Bauern, welche müde waren, ihre Weiber in dem Ballsaal herumzuschwenken, und sich von ihren Strapazen mit Bier, Branntwein und Kartenspiel erholten.

Der Ballsaal hatte vier Fenster, zwei auf die Dorfstraße, zwei auf den Garten hinaus. – Die Fenster, welche auf die Dorfstraße hinaussahen, waren verschlossen und mit kurzen, stark gestärkten, und mit altväterischen Gimpen besetzten Gardinen verhängt.

Die beiden Fenster, welche nach dem Garten gingen, standen offen. In den häßlichen Dunst, welcher den Saal erfüllte, drang ein frischer Hauch von Rosen und Herbstlaub.

Auf den Gesimsen der offenen Fenster standen in Töpfen aus glänzendem grünem Thon Geranienstöcke, deren Blüten abwechselnd gelbrot und schwarz aussahen, wie gerade das Licht aus dem

Saal sie erhellte oder die Dämmerung aus dem Garten sie umdüsterte.

Die Beleuchtung des Saals bestand aus dicken Inseltkerzen, die in eisernen Ringen an den Wänden befestigt waren. Auf einer kleinen, primitiven Estrade in einer Ecke, dem grünen Kachelofen gegenüber, spielten die Musikanten – die Bläser mit großmächtig aufgeblähten Wangen, über denen man die Augen kaum sah, die Geiger, von ihrem eigenen Spiel hingerissen, von einem Bein auf das andre hüpfend, während die Menschen im Saal sich eifriger und eifriger drehten. Es machte einen seltsamen Eindruck, schmetternde Weisen, dazu die teilweise berauschte, durchweg stark sinnlich erregte Menge zu Füßen des Gekreuzigten, dem ein welker Erntekranz die brechenden Augen verdeckte.

Ein Teil der Anwesenden trug bereits vereinfachte Stadtkleidung, der andre noch die malerische mährische Tracht – die Burschen Schaftstiefeln, gelbe Lederhosen und kurze gestickte Wämser, die Mädchen großgeblümte Röcke, gestickte Mieder und darüber bauschende weiße Hemdchen, dazu auf dem Haupte goldene Häubchen mit weit abstehenden Schleifen aus weißem Mull.

Anfangs hatten sie Nationaltänze getanzt, zu naiven, eintönigen Weisen, die Burschen voll werbender Ritterlichkeit, die Mädchen etwas geziert zurückhaltend.

Jetzt aber wurden nur mehr Rundtänze gerast – meist Polka und Galopp.

Der hübscheste Mensch im ganzen Saal war der Brautführer, – darüber waren alle Mädchen einig, – zu gleicher Zeit war er der tanzfaulste. Die Kranzeljungfer war sehr unzufrieden mit ihm. Ganze Viertelstunden lang stand er gegen die Wand gelehnt und blickte nach der Thür, als erwarte er jemand. Wen konnte er erwarten? Er hatte niemand zu erwarten, hatte sich um niemand zu kümmern, als um die Kranzeljungfer.

*

Ueber die Feldraine, welche die Straße kürzen zwischen St. Pankraz und Slawin, schlich ein schlankes Mägdelein. Sie hatte das Röckchen über den Kopf geschlagen, so daß man ihr Gesicht nicht erkennen konnte, und nicht den Putz, mit dem sie angethan war. – Sie war aufs schönste herausstaffiert. – Ueber einem geblümten Rock trug sie eine Schürze aus ungebleichtem Baumwollenstoff, mit roten und blauen Arabesken gestickt. Dazu ein weißes Hemdchen mit spitzenbesetzten Aermeln, ein schwarzes Mieder und auf dem schwarzlockigen Köpfchen eine kleine goldene Haube, an der freilich die große Mullschleife mit ihren windmühlenartig vom Kopfe abstehenden Flügeln fehlte. Marška bedauerte die Abwesenheit dieser Flügel, welche dem echten Dorfputz erst die eigentliche Vornehmheit verliehen, sehr. Doch war sie nicht im stande gewesen, sie zur rechten Zeit herzustellen.

Sie hatte das Bündel, welches ihr der Fuhrmann geschenkt, in der Holzlage versteckt, und erst heute hervorgezogen, als alles schlief in dem Bauernhof. Dann hatte sie sich geschmückt. –

Der Mond stand voll am Himmel, aber schillernde Wolken zogen über sein Gesicht, es bald teilweise, bald gänzlich verschleiernd. Infolgedessen war sein Licht unstät und wirkte phantastisch. Manchmal war es so hell, daß man die rote Farbe der Mohnblumen, das blasse Blau der Wegewarten erkennen konnte, die in den Straßengräben und an den Feldrainen wuchsen. Dann wieder nahmen sich die Mohnblumen schwarz aus und die Wegewarten weiß – und zu noch andern Malen sah man sie gar nicht, dermaßen verdüsterte sich die Luft.

Marškas kleines Herz pochte voll erwartungsvoller Freude. Zuweilen aber mischte sich ganz plötzlich ein unangenehmes Gefühl hinein – ein verdrießlicher Ekel – eine zusammenkrampfende Angst. – Wenn nur das, was gestern geschehen war, nicht geschehen wäre! Wenn es nicht hätte sein müssen!

Aber – schließlich hätte sie dann gar nicht daran denken können, das Fest zu besuchen. Sie war nicht schuld – das Schicksal war schuld!

Warum machte der liebe Gott den armen Mädchen das Leben so schwer! Warum ließ er ihnen keinen andern Weg offen, der zu ein wenig Freude führte, als gerade den einen Weg, wo der Teufel Mauteinnehmer war!

Ach, zu was sich quälen, zu was daran denken, – kein Mensch wußte darum – es war vorbei – er würde nie mehr in die Gegend kommen, der Wind hatte die Spuren verweht, die sein Fuhrwerk in den Sand der Straße gegraben hatte! – Jetzt wollte sie tanzen und lustig sein! –

Immer näher kam sie dem großen Lichtschein, welchen das etwas außerhalb des Dorfes gelegene Wirtshaus um sich herum verbreitete. Die aufregenden Tanzweisen drangen bis zu ihr ... leise ... dann lauter. Jetzt hatte sie das Gasthaus erreicht. Sie zitterte am ganzen Leib. Jetzt, da sie knapp davor stand, fehlte ihr der Mut, es zu betreten. Sie schlich sich an eines der Fenster, blickte hinein – lief wieder fort. Dann kam sie noch einmal ... die Musik spielte zu verlockend ...! Verschämt drückte sie sich durch die Thür, neben der sie dann vor Verlegenheit zitternd stehen blieb. – Anfangs bemerkte man sie nicht – dann richteten sich alle Augen auf sie. Die Burschen stießen sich mit den Ellenbogen ... »Seht das hübsche Mädel ... wo kommt sie her, und so ganz allein!«

Die Mädchen wurden eifersüchtig. »Es schickt sich nicht, allein auf den Tanzboden zu kommen – wer weiß, was das für eine ist! Hinaus mit ihr!« schrie die Brautjungfer. Da aber machte Marška einen langen Hals und mit blitzenden Augen erwiderte sie: »Wie könnt Ihr wagen, mich zu beschimpfen? Was thut's, daß ich arm bin; deswegen bin ich doch so viel wert wie Ihr.«

Aber kaum hatte sie die Worte ausgesprochen, so überfiel sie's wie ein Schwindel – wie eine Uebelkeit – sie hätte unter die Erde sinken mögen – oder sich heimlich wegschleichen, sich den Blicken der gaffenden Menge entziehen! –

»Wer ist sie nur?« fragte ein Bursch.

»Wer sie ist? ... Die Magd vom Bauern Wosátko aus St. Pankraz,« schrie ein andrer und fügte hinzu: »aber mordsmäßig schön hat sie sich gemacht! Wo sie nur den Putz hergenommen hat?«

»Gestohlen hat sie ihn, – oder hat ihr ihn ein heimlicher Liebhaber geschenkt,« rief verächtlich die blonde Brautjungfer. – »Hinaus mit ihr!«

Die Augen der kleinen Magd flammten. – »Hinaus mit Euch selber!« schrie sie. – »Wie könnt Ihr's nur wagen, mich zu verdächtigen. Die Kleider hab' ich von meiner alten Muhme geschenkt bekommen in Kosteletz, hört Ihr's – und ein Schuft ist jeder, der etwas andres zu behaupten wagt!« Dermaßen war sie in Eifer geraten, daß sie ganz des schwarzen Fuhrmanns vergessen hatte, und sich selber die alte Muhme glaubte!

Ein Kreis hatte sich um sie gebildet. Halb lächelnd, halb verlegen sahen die Burschen zu, während die Mädchen auf sie losgingen, sie mit hämischen Vermutungen oder unverblümten Beschuldigungen beschimpften.

Aber je mehr sie schimpften, um so hartnäckiger, trotziger, hoffärtiger beteuerte sie ihre Unschuld und warf den Mädchen ihre Schmähungen zurück.

Plötzlich verstummte sie, ihre Wangen wurden bleich, der Glanz in ihren Augen erlosch, ihre Arme sanken an ihren Seiten nieder. Durch die aufgeregte Rotte, welche sich um sie herum gestaut hatte, brach einer sich Bahn – ein schöner, großer, blonder Bauernbursch!

»Zurück!« schrie er – »wer sie beleidigt, hat's mit mir zu thun!«

Da wurde es mit einemmal totenstill im Saal – die Mädchen hörten auf zu schimpfen, die Burschen kehrten sich achselzuckend ab – die Musikanten verstummten in atemloser Erwartung der Dinge, die da kommen sollten! –

Die Dinge wickelten sich sehr einfach ab. Der schöne Bursch fragte das erschrockene Dirnlein, ob sie ihm den nächsten Tanz schenken wolle. Und wie das Dirnlein ihm dies zusagte, gab er den Musikanten eine Silbermünze und hieß sie einen Walzer spielen. Bald drehte sich alles im Kreise, als ob nichts gewesen wäre, nur die Kranzeljungfer, welche geglaubt hatte, das ausschließliche Anrecht an die Aufmerksamkeiten des Brautführers zu besitzen, verließ trotzig den Tanzsaal! –

Sie lag in seinen Armen! Wie lind er sie anfaßte, wie fest er sie hielt! Ihre Füßchen berührten den Boden kaum, sie war sich keiner eigenen Anstrengung, kaum einer persönlichen Bewegung bewußt. Ihr war, als wehe sie ein warmer Sturmwind durch die Welt – ein Sturmwind, der eine berauschende Tanzweise sang! – Nur so manchesmal mitten in dem Wonnerausch, in dem ihr Denken und Erinnern untergegangen war, schlich sich's an sie heran wie eine

Schlange, die sich wohl oft versteckte, – die sich aber nicht fangen, nicht umbringen ließ. –

Sie tanzten und tanzten nicht nur den Tanz miteinander, sondern noch viele andre. Immer sah man die zwei Köpfe beisammen – den schwarzen und den blonden!

Eine Pause war eingetreten – der blonde Bauersmann und das schwarzlockige Mädchen standen in der Nische eines der Fenster, die in den Garten hinaussahen – den Garten, auf den der große bleiche Mond herunterschien und den Tau auf Gras und Büschen in Silber verwandelte! –

»Wie heißt du?« fragte er.

»Marie bin ich getauft worden – sie nennen mich Marška. Meine Mutter nannte mich Mařenka.«

»Ich will dich immer Marie nennen,« versicherte er – »das klingt hübscher!«

»Meint Ihr denn, wir würden einander je wiedersehn?« hauchte sie.

»Das hängt nur von dir ab,« gab er zur Antwort. – »Abschied nehmen müßten wir wohl heute und für eine lange Zeit, denn ehe der Tag anbricht, muß ich nach Hause – um zur rechten Zeit einzurücken ins Regiment, in dem ich meine drei Jahre abdienen soll. – Aber höre, Mädchen! So gefallen wie du hat mir keine. Ich frag' nicht, wer du bist, ich frag' nicht, was du hast, aber wenn du mir treu bleiben willst diese drei Jahre lang ... so ...« er faßte sie bei beiden Händen ... »willst du? ... sag, willst du? ... darf ich dich holen, auf daß ich dich heimführen kann als meine Frau Bäuerin?«

Sie sah ihn aus großen, thränenüberschimmerten Augen an, – etwas regte sich in ihr, das seit ihrer Mutter Tod nicht mehr in ihrem erstarrten Herzen aufgetaut war, etwas Weiches, Gutes. Sie senkte das Köpfchen, seufzte tief auf ... Da, ehe sie noch geantwortet hatte, entstand eine große Unruhe in dem Saal. – Der Wirt war von dem Hausknecht hinausgerufen worden – offenbar war ein nicht unbedeutender Gast in den Hof eingefahren und verlangte für sich und sein Gespann Nachtquartier. – Die Wirtin wurde auch noch hinausgerufen, ... und nun ging ein Geflüster von Mund zu Mund, jeder wollte wissen, wer der Gast sei, der eine so große Störung hervorrief! ... Endlich hatte man's weg ... Der schwarze Hans war's, der Fuhrmann, der reiche, unheimliche Mensch, von dem die einen behaupten, daß er der Sohn eines Zigeuners, die andern, daß er der Sohn des Teufels sei, während noch andre sogar vermuteten, daß er nicht nur der Sohn des Teufels sei, sondern der Satan in höchsteigener Person.

Jetzt hörte man eine fremde, rauhe, starke Stimme mit dem Wirt sprechen; – das mußte seine Stimme sein!

Dann öffnete sich die Thür – herein trat der schwarze Hans in seinen hohen Stiefeln und mit dem roten Tuch um den Hals.

Er grüßte nach rechts und links wie ein gekröntes Haupt, dann an die Musikanten tretend: »Eine Polka,« rief er, »aber flott und frisch, damit ich mit dem hübschesten Mädel im Saal tanzen kann, so – wo ist sie denn?« Er ließ seinen suchenden Blick über seine Umgebung gleiten – »ein schlankes, schwarzhaariges Ding mit großen blauen Augen – ein rechtes Teufelsmädel, ganz mein Fall!«

»Da ist sie – da ist sie!« schrie man von allen Seiten, – aber als man sich nach ihr umsah, konnte man sie nirgends erblicken!

Derjenige, der sie am eifrigsten suchte, war der blonde Brautführer. Aber auch ihm gelang es nicht, sie zu finden – sie war spurlos verschwunden!

Sie hatte sich in ein Gehölz geschlagen, um denen, die sie suchten, rascher zu entwischen.

Sie atmete kaum vor Schrecken, vor Scham. In die Erde hätte sie sinken mögen! Das Leben war ja doch nicht auszuhalten mehr! –

Es war kein großer Wald, in den sie geflüchtet, keiner wie der, durch den sich die Heerstraße zog zwischen dem Garnisonstädtchen und St. Pankraz, – nur Hasel- und Ahorngestrüpp mit ein paar dazwischen gestreuten Birken und alten Eichen. Aber wie schreckhaft mutete sie alles an!

Der Mond war untergegangen – die Sonne noch nicht sichtbar, nicht einmal der rosige Schimmer, der ihr Kommen kündigt, zu sehen, nur ein wenig weißliche Unruhe war in der Luft, kein deutlicher Umriß wahrzunehmen, dazu allerhand unheimliche Laute, ein Rauschen und Knistern und Zittern, das nicht aufhörte!

Ihr war's, als schaudere rings um sie eine große Angst! Die Luft war feucht und schwer! – Sie eilte vorwärts – immer weiter, – sie mußte zu rechter Zeit zurück sein, sonst verlor sie den Dienst – und es ging auf den Winter zu. –

... Was war das? ... Ein leichter eiliger Schritt ... sie lief was sie konnte. – Aber ihre Kräfte reichten nicht lange, auch der Mut ging ihr aus ... atemlos blieb sie stehen! – Da hörte sie jemand hinter sich »Mařenka!« rufen, »Mařenka!« – und ehe sie sich's versah, schlang sich ein warmer, kräftiger Arm um ihren Leib. – Sie wußte es, daß er es war, der hübsche blonde Bursche, der ihr wohl wollte! Dennoch fing sie an zu weinen und am ganzen Leibe zu zittern.

»Laßt mich, so laßt mich doch!« bat sie, »was hab' ich Euch denn gethan!«

»Du meinst wohl, was du mir angethan hast?« lachte er.– »Ja, das weiß ich selber nicht. Wenn du nicht davongelaufen wärst, hatt' ich dir nicht nachlaufen müssen. Was ist dir denn eingefallen, so rasch davonzueilen? Sag, Kleine!«

»Ach, ich weiß nicht.« – An der Hitze, die ihr in den Kopf stieg, merkte sie's, daß sich ihre Wangen blutrot gefärbt haben mußten. – Sie war froh, daß die Dämmerung die Thatsache bemäntelte. –

»Die Leute meinten, du seiest dem schwarzen Hans davongelaufen,« bemerkte etwas zögernd der junge Mensch.

»Ach, die Leute wissen immer allerlei,« erwiderte Marška heftig, dann mit der vorbeugenden Geistesgegenwart, die sie sich im Laufe ihrer verprügelten Jugend fast unwillkürlich angeeignet hatte, fügte sie hinzu: »Diesmal übrigens haben die Leute recht. Er ist ein abscheulicher Schuft und Mädchenfänger. – Ihr könnt Euch's gar nicht denken, was ein armes Mädel auszustehen hat von so einem, wie man sich hüten muß. Gestern, als ich von Kosteletz durch den Wald zurück bin, ist er mir nach – fast die Seele hab' ich mir aus dem Leib gerannt, um ihm zu entfliehen. Gottlob hat er noch zur rechten Zeit jemand kommen gehört. Da ist ihm der Mut vergangen, mich zu verfolgen. Aber Ihr habt's ja miterlebt, wie er nach mir gefragt hat.«

»Der Elende, wenn er noch einmal meinen Weg kreuzt, soll er meine Fäuste kennen lernen!« knirschte der Bauer, dann den Arm von neuem um das junge Mädchen legend, flüsterte er weich: »Armes Ding! – Armes, süßes Kind! – Und zu denken, daß jetzt drei Jahre vergehen müssen, ehe ich dich vor solchen Abscheulichkeiten schützen kann!«

»Drei Jahre! ... Und was wird nach den drei Jahren?« murmelte sie träumerisch und bitter zugleich. –

»Was dann wird? ... Hochzeit wird ... mein Weib wirst du, Mařenka, mein liebes, süßes Weib – wenn du willst, wenn du schwören willst, mir die Treue zu halten während der langen Trennung – Mařenka! mein Täubchen, mein Herzchen! Sag ja – nur um das eine Wort aus deinem Mund zu vernehmen, bin ich dir nach. Willst du die Meine werden – könntest du mich lieb haben?«

Sie zögerte – dann schluchzend und mit einem Strom von Thränen kam's ... »Ja – ja – wenn's Euch wirklich Ernst ist ... ja! – Aber jetzt laßt mich, ich habe mich ohnehin schon verspätet und der Winter steht vor der Thür – da sind die Dienste selten!«

»Ja, ja, gleich – nur einen Kuß – einen einzigen als Besiegelung unsres Verlöbnisses!«

Da legte sie ihre schlanken Kinderarme um seinen Hals und drückte ihre zarten Lippen auf seinen Mund. Er fühlte, daß ihr ganzes Gesichtchen naß war von Thränen. –

»O mein armes Waislein – mein aus dem Nest gefallenes Vögelchen, – wie ich dich hegen und pflegen will, wenn du einmal mein bist!« murmelte er.

Die Dämmerung war durchsichtiger, immer durchsichtiger geworden.

Strähne von Gold zogen über den Boden hin, dann brachen sich breite, regenbogenfarbig schillernde Streifen zwischen den Büschen Bahn – ein verklärendes Leuchten umschimmerte den Wald. Es war, als hätten die Engel die Natur geschmückt, um Morgengottesdienst zu halten!

Marška faltete die Hände über der Brust. – »Gott hat die Welt doch zu schön gemacht!« flüsterte sie.

Zum erstenmal unwillkürlich gedachte sie dankbar der geheimnisvollen Macht, der gegenüber sie früher nichts als aufrührerischen Trotz empfunden!

»Ja, wunderschön – und am schönsten wird sie uns stets vorkommen, wenn wir uns zusammen an ihr erfreuen!« murmelte der Bursch. –

»Ja, das denk' ich auch, aber jetzt lass' mich, ich bitte dich ... Lieber ... Liebster!« so bat sie einschmeichelnd.

»Nur noch bis auf die Straß' hinaus werd' ich dich begleiten, dann sag' ich dir lebewohl!«

Ehe sie sich's versahen, hatten sie die Straße erreicht. – Er sagte ihr noch seinen Namen, nach dem sie bis dahin zu fragen vergessen.

Wladimir Srp hieß er – und das Dorf, in dem er mit seiner alten Mutter wohnte, hieß Bulohrad. – Dann gab er ihr auch noch den Namen und die Nummer des Regiments an, in dem er dienen würde, nannte ihr den Namen der Stadt, in welcher es stand, und dann mit einem letzten Kuß schieden sie.

*

Die Sonne schien hell – die Luft war lau. So wohl wie im Arm ihres blonden Schatzes war Marška nicht mehr zu Mute gewesen, seitdem ihr armes Mütterchen sie zum letztenmal auf dem Schoß gehalten hatte!

Sie war wirklich noch ein Kind!

Die Leidenschaft war nicht erwacht in ihr. Nur am Geborgensein, Verwöhntwerden freute sie sich. Für die Zärtlichkeit war sie dankbar – ach, wenn es wirklich wahr würde, was er ihr versprochen hatte.

In drei Jahren! ...

Die Hoffnung, die an allem, was von Menschen errungen oder vernichtet worden ist, ihren anstiftenden Teil hat, – die Hoffnung, die große, treibende Kraft der Welt, – der bewegende Sturm, der die Schiffe in den sicheren Hafen zurückführt oder sie scheiternd gegen scharfe Klippen schleudert, – umspielte ermutigend ihre junge Einbildungskraft! –

Allerhand Gedanken kamen ihr, – wie zwitschernde Vöglein durchflatterten sie ihre Seele und schwatzten ihr entzückende Möglichkeiten vor. –

Plötzlich aber ...

In allen Adern pochte und stach es – ihre Füße wurden schwer und ihr Kopf brannte! –

O warum hatte das auch sein müssen! Das Häßliche, das sie nicht vergessen konnte! –

Sie dachte an die Lügen, die sie ihrem Schatz gesagt! – Sie schämte sich. – Sonst hatte sie sich nie fürs Lügen geschämt, sondern sich eher etwas eingebildet auf ihre Kunst und Schlagfertigkeit darin. –

Heute aber – unter die Erde hätte sie kriechen mögen bei der Erinnerung an die von ihr vorgebrachten Unwahrheiten. – Ihr Schritt wurde langsamer, sie hielt den Kopf gesenkt. –

Als sie St. Pankraz erreichte, schlug ein garstiger Lärm an ihr Ohr. Ihr entgegen kam ein Trupp Neugieriger. – Erwachsene, welche die Hälse vorstreckten und flüsterten, Gassenjungen, welche krächzend und lachend herumhüpften; – in ihrer Mitte die Irrsinnige, welche ihr gestern auf der Landstraße begegnet war. Mit auf dem Rücken gebundenen Händen ging sie zwischen zwei Gendarmen. – »Es ist die Kindesmörderin aus Kowalis,« erklärte ihr jemand aus der gaffenden Menge, – »Sie ist dem Irrenhause entsprungen, seit zwei Tagen sucht man sie. Gottlob, daß man sie endlich hat!«

Als Marška den Bauernhof erreichte, in dem sie diente, stand der Bauer vor der Thür, breitspurig, mit gespreizten Beinen, die eine Faust auf der Hüfte und in der andren einen Knüttel.

»Es ist zu arg, aber wirklich zu arg!« schrie er sie an – «gestern hab' ich mit dir Geduld gehabt, du liederliche Dirne du. Aber daß du daraufhin sündigst und es nur noch ärger treibst, das lass' ich mir nicht gefallen. Was denkst du dir denn eigentlich?«

Und nun bohrte er in sie hinein mit höhnischen Fragen, eine immer spitziger, giftiger als die andre. – Wo sie die Nacht zugebracht habe, fragte er – und was sie wohl meine, das man anfangen könne mit einer Magd, die die Nächte wegbleibe, um sich ohne Erlaubnis ihrer Brotgeber auf Tanzböden herumzutreiben. – Uebrigens daraus, daß sie sich die Nächte über belustige, wie's ihr eben einfiel, daraus mache er sich noch gar nichts, denn schließlich wisse man ja, daß solche Bagage wie sie, es überhaupt nicht anders thäte, – aber wenigstens solle sie zur rechten Zeit nach Hause kommen, die Schweine füttern und die Gänse auf die Weide treiben. Zu was sei sie denn sonst? ...

Mařenka stand da wie versteinert! – Noch denselben Tag verließ sie den Hof. –

Sie war sehr arm – wenn sie weiter leben wollte, mußte sie dienen, und sie wollte leben, wenigstens noch drei Jahre lang, um zu sehen, ob er wirklich kommen würde, sie heimzuführen als sein liebes Weib. –

Sie suchte einen Dienst, aber in der Nähe war keiner zu finden, denn der Bauer hatte alle Nachbarn gegen sie aufgehetzt.

Uebrigens zog sie es vor, in einem Dorf zu dienen, wo vorher niemand von ihr gewußt hatte. So ging sie denn mit ihrem Bündel aufs Geratewohl die Landstraße entlang, über Feldraine und quer durch die weiten, rot und gelben, in der Herbstsonne lachenden, im Herbstwinde schauernden Wälder. Langsam tauchte die Sonne unter in feuchten Nebelschleiern, – und die Nebel schimmerten wie flüssiges Gold, und aus dem flüssigen, durchsichtigen Gold ragten die Umrisse ferner Dörfer. Man sah weiter hinaus ins Land als sonst, nur war alles verwischt und verklärt – ein Dorf immer kleiner als das andre und alle in rosagrau schimmernden, an Taubenkröpfe erinnernden Farben in den goldenen Dunst hineingemalt.

Mit immer rascheren Schritten eilte sie weiter in die leuchtende Ferne; ihr war's, als habe sie die Hölle hinter sich gelassen und schritte nun geraden Wegs in den Himmel hinein.

Die Schatten wurden immer länger, durchsichtiger, lösten sich schließlich ganz auf in dem glänzenden gelben Duft. Und aus dem Boden stieg Veilchengeruch wie im Frühling! Die feuchte Luft wurde fast unnatürlich lau.

Aber plötzlich, ehe sie sich dessen versah, von einem Augenblick zum andern erlosch das Gold, und die Dämmerung fiel dicht und grau – das Grau verwandelte sich in Schwarz. Es wurde bald so dunkel, daß sie den nächstliegenden Gegenstand nicht mehr erkennen konnte. Sie spähte nach ein paar Lichtflecken, die ihr die Nähe eines Dorfes angezeigt und die Richtung gewiesen hätten, um es zu erreichen. Sie bemerkte zwar ein paar rotflimmernde Punkte, aber die waren weit und ihre Füße fingen an, sie empfindlich zu schmerzen. –

Sie wußte, daß viele Stunden vergehen mußten, ehe der Mond sich zeigte, und eine lange Herbstnacht, ehe die Sonne aufging.

Das Gefühl der Erleichterung, welches sie vorwärts getrieben hatte, war mit dem letzten Sonnenstrahl in ihr erloschen. Die zusammenkrampfende Angst kam wieder. Sie schleppte sich nur mehr so weiter ohne Hoffnung und ohne Ziel, mit jener grenzenlosen Müdigkeit, die jeden Wunsch ausschließt. Die Luft wurde immer drückender. Es glitt über die Erde hin wie ein leises Beben, dann hörte man deutlich fernen Donner grollen – endlich fing es an zu regnen.

Blitze durchzuckten die Luft, rote und auch grüngelbe, grell und blendend. Im Lichte eines dieser Blitze bemerkte Marška die verlassen daliegende Strohhütte eines Obsthüters. – Froh, einen Unterschlupf gefunden zu haben, verkroch sie sich hinein.

Sie krümmte sich zusammen wie ein müder Hund, und trachtete einzuschlafen. Ihr Denken fing bereits an sich zu verwirren, als sie, schon im Einschlafen begriffen, das rasche Nahen ungleicher Schritte aufscheuchte, dazu das Brüllen eines Gassenhauers.

Sie setzte sich auf und horchte zu Tode erschrocken. Näher und näher kamen die Betrunkenen. Vor der Obsthütte blieben sie stehen – sie atmete kaum mehr.

»Gottlob, da ist ein Unterschlupf!« rief mit schwerer Zunge der eine. »Verkriechen wir uns.«

»Wart Kamerad! überlegen wir's uns,« rief der zweite, »mit dem Unterschlupf ist's nicht recht geheuer. Vor vierzehn Tagen ist ein Obsthüter drin erschlagen worden und – wie ihr alle wißt, schlägt der Blitz gern zweimal in denselben Fleck.«

»Ach was, ich will schlafen – laßt mich nur,« lallte der erste.

»Ja, schlafen möcht' ich auch – aber bis zum jüngsten Tag wär' mir's zu lang,« warf der zweite ein.

»Dann ...« Die Tritte entfernten sich ...

Sie machte das Zeichen des Kreuzes und legte sich noch einmal zurecht in dem bißchen Stroh, das sie vorgefunden hatte; draußen strömte der Regen, der Donner polterte, die Blitze zerrissen den Himmel. Sie dachte an den Obsthüter, der vom Blitz erschlagen worden war, und fürchtete sich. Aber wohin sollte sie fliehen? Auf die Landstraße, wo der Regen niederströmte und die Betrunkenen herumstolperten?

Sie war froh, sich warm und geborgen zu fühlen; – und wenn der Tod kam – nun so mochte er kommen!

Vorläufig wollte sie schlafen.

Aber sie konnte nicht.

Die Lüge, die sie ihrem Schatz gesagt, fiel ihr schwer auf die Seele, – und das, was der Lüge vorangegangen war, noch viel mehr!

Zu denken, daß sie überall dem schwarzen Fuhrmann begegnen konnte, daß es keine Ruhe für sie gab, so lange sie ihn in der Welt wußte! Wenn er nur hätte verschwinden können in alle Ewigkeit!

Sie fing an zu weinen. – Das Unwetter tobte immer ärger, – ein Donnerschlag folgte dem andern, – es schien als höre man die Blitze in die Erde hineinschlagen. – Das Gewitter tobte rings um Marška herum!

Da mitten in dem Aufruhr zwischen zwei Donnerschlägen hörte sie einen Karren über die Straße rasseln, an der Obstlerhütte vorbei. Jetzt ... ein Blitz ... knapp an der Oeffnung der Strohhütte fuhr er herunter, so grell, daß es aussah, als ob der ganze Himmel und die ganze Erde in Flammen stünden. Ein Krachen und Poltern, als ob die Welt aus den Fugen ginge, – dann nichts mehr! ...

Aus einer Schreckensbetäubung erwachend, horchte sie auf, kein Räderrollen mehr – – – nichts ... nichts, nur das Stöhnen eines Pferdes, das in das eintönige Rauschen des Herbstregens hineinklang!

Der Donner hatte aufgehört – das Gewitter hatte sich beruhigt – wie gewöhnlich, nachdem es ein Opfer gefunden, an dem sich sein

Zorn hatte austoben können. – Marška kauerte sich von neuem in dem Stroh zusammen. Todmüde von den Erschütterungen des Tages schlief sie endlich ein, fest und traumlos. Als sie erwachte, flimmerten bläuliche Lichtfunken in die Schatten der Strohhütte. So fest hatte sie geschlafen, daß sie anfangs Mühe hatte, sich in die Sachlage zurecht zu finden.

Erst nach und nach erinnerte sie sich an allerhand ... zum Schluß an den schwerfällig vorbeirasselnden Karren – an das stöhnende Pferd ... Sollte am Ende der Blitz in den Karren hineingefahren sein?

Sie verließ die Hütte. Erst sah sie nichts als eine kotdurchweichte Straße und bis an den Rand mit braunem Wasser angefüllte Straßengräben. Dann ... ja dort ... etwas Formloses, Verwirrtes ... ein großer, dunkler Knäuel, aus dem heraus ein gemartertes Tier verendend röchelte! –

Erschrocken wandte sie sich ab, – dann aber ging sie doch näher. Ihr Herz fing an stark zu schlagen – ihre Augen wurden starr! ...

Vor ihr, mit einem Rad im Straßengraben, halbumgeworfen, lag der Karren des schwarzen Fuhrmanns! ... Das eine der beiden schweren, schwarzen Pferde lag tot und starr in seinem messingbeschlagenen Geschirr halb unter dem andern, das vom Blitze nur gestreift, mit den Vorderbeinen im Kot wühlend, vergebliche Versuche machte, sich aufzurichten, während es sich mit den gelähmten Hinterbeinen nicht mehr zu rühren vermochte.

Die Deichsel war zerbrochen, der Karren umgefallen. Marškas Atem wurde kurz und ihr Mund trocken.

Wo war er? ... Hatte ihn der Blitz geschont? War er in das nächste Dorf um Hilfe geeilt? ... Nein, dort in einer Kotlache . .. knapp neben dem toten Pferde lag der schwarze Fuhrmann. Wahrscheinlich mochte er ausgestiegen sein, um etwas an den Geschirren zu richten, als der Blitz ihn und die Pferde getroffen hatte!

An der einen Seite lief ein bräunlicher Brandfleck durch den losen blauen Kittel, den er über seinen Kleidern trug, –– aus seinem verunstalteten Gesicht blitzten die weißen Zähne zwischen den fratzenhaft zurückgeschobenen Lippen!

Die Lippen waren blau! –

Sie beugte sich über den starren Körper- kein Hauch - leblose Kälte! ... Er mußte stundenlang tot sein!

Tot! ...

Er konnte nie mehr Zeugnis ablegen gegen sie - keinem Menschen würde er's mehr sagen können, daß sie sich ihm verkauft hatte für ein neues Kleid! ... Eine aufatmende Erleichterung floß durch ihre Adern! - Nun konnte sie sich ganz der Hoffnung hingeben auf ihr künftiges Glück! -

Aber seltsam! ... Die Hoffnung war matt wie ein erschrecktes Vögelchen - sie regte die Flügel kaum und wollte keine Lieder singen! -

Und die vorübergehende Erleichterung Marškas erstarrte in einem langsam über sie hinfröstelnden, den Atem hemmenden, die Glieder lähmenden Grauen! -

*

Müde und mit wunden Füßen ging Marška weiter in die Welt, über die ein eiskalter Wind hinfegte, - alles erwürgend, was vom Sommer noch übrig geblieben war, - eine Welt, in der der kommende Winter einen neuen Frühling vorbereitete! -

Ehe der Abend voll hereingebrochen war, hatte Marška einen Broterwerb gefunden - und zwar in einer Papiermühle. Unterstand gab ihr eine arme, aber brave Witwe, die sich mit zwei Kindern mühsam genug durchs Leben schlagen mußte und der jungen Arbeiterin für eine sehr bescheidene Summe Kost und Wohnung zu geben versprach.

Die Papiermühle befand sich in einem einsamen Dorf in den böhmisch-mährischen Höhen, von einem schäumenden Gebirgsbach getrieben, von mächtigen alten Fichten mit schwärzlichen Aesten an graugrünen Stämmen überragt.

Anfangs hatte sie arges Heimweh, dann schlummerte das ein in der Eintönigkeit ihrer Beschäftigung.

Die Gegend gefiel ihr, sie liebte das Wasser und die Wälder, - außerdem stand ihrem Herzen nichts nah' als ihr blonder Schatz, und zu dem war's von hier so weit wie von St. Pankraz!

Alle Tage wollte sie ihm schreiben, aber als sie es versuchte, merkte sie, daß sie die Hälfte der Buchstaben vergessen habe. Mit größter Mühe brachte sie nur irgend ein Wort zusammen.

Da schämte sie sich. Erst wollte sie jemand andern veranlassen, für sie zu schreiben. Aber eine verheimlichte Hoffart, die im Tiefsten ihres Wesens wurzelte, verhinderte sie, einer ihrer Kameradinnen ihr Unvermögen einzugestehen. Statt dessen bemühte sie sich, das Schreiben von neuem einzuüben, und machte auch recht schöne Fortschritte.

Da eines Tages, als sie aus der Arbeit zurückging, hörte sie hinter sich zischeln und hämisch lachen. Ihr war's, als gälte das ihr. Sie drehte sich um und fragte: »Ueber wen macht ihr euch lustig?«

Zwei bekannt leichtsinnige Frauenzimmer, die eingehängt hinter ihr gingen, sagten herausfordernd: »Ueber dich!« – Dann, ehe Marška noch weiter fragen konnte, waren sie unter lautem gekünstelten Gekicher davongelaufen.

Eine quälende Unruhe bemächtigte sich Marškas. – Sie kannte sich nicht gut aus; hatten die beiden aufgeputzten Dirnen sie ihrer armseligen Lumpen halber verhöhnt – oder was ... was mochte es wohl sonst gewesen sein? – Darüber sollte sie nicht lange im Zweifel bleiben.

Den nächsten Tag, als Marška der Witwe, bei welcher sie wohnte, zufällig ohne lauschende Zeugen in dem kleinen Hausflur begegnete, glitt der Blick des älteren Weibes prüfend an dem jungen Mädchen nieder.

»Wie elend du aussiehst, Mädchen!« bemerkte die Witwe. Dann nach einer Pause setzte sie hinzu: »Hm! Wie steht's denn mit deinem Schatz? Warum schreibt er dir nie?«

Marška hatte nämlich ihrer Kostfrau in einer schwachen Stunde von Wladimir erzählt, – ja ein wenig geprahlt hatte sie. Arme Marška! –

»Warum fragt Ihr?« entgegnete das Mädchen etwas überrascht. –

Die Witwe seufzte. – »Weil ich wohl wissen möchte, ob du sicher bist, daß er dir die Treue hält!« sagte sie.

Marška wurde totenblaß, – nahm aber sofort eine abweisende, hoffärtige Haltung an. »Was denkt Ihr denn von mir?« rief sie empört.

Die Witwe wandte sich ab, um sie nicht weiter zu demütigen. Das, was sie von Marška dachte, war nichts sehr Schlechtes, sondern beiläufig folgendes: »Armes Ding, – noch ein halbes Kind, und so brav und sittsam! ... Aber wenn die Abschiedsstunde schlägt vor einer langen Trennung, da hält keine ihr Herz fest genug!«

Nachdem die Bäuerin gegangen war, blieb Marška stehen wie angewurzelt. Ja, wenn's das gewesen wäre, was die gute Person dachte! ... Aber nein! ... Davon konnte ja gar nicht die Rede sein! ... Sie preßte die Hände gegen die Stirn!

In der auf ihre Unterredung mit der Witwe folgenden Nacht lag sie auf der Strohschütte, welche ihr zur Lagerstätte diente, mit dem Gesicht nach unten, die Hände vor sich hingestreckt, krampfhaft im Stroh wühlend, wie ein verendendes Tier!

Nun war's vorbei – jede Hoffnung auf Glück – alles ...

Und doch ...! Nach einer Weile meldeten sich die ihr durch ihre kümmerliche, verprügelte Jugend anerzogenen Verteidigungseigenschaften, – Schlauheit und List. –

Warum mußte es vorbei sein? – Es war weit aus dem Dorf bis in seine Heimat – keine einzige von den hiesigen Familien hatte Verwandtschaften dort ...

Er brauchte nie etwas davon zu erfahren! – Vielleicht würde es gar nicht leben! Wie sie es haßte, wie ihr vor ihm graute, wenn sie daran dachte, daß es das Kind des schwarzen Teufels war, dem sie sich für ein paar schöne Kleider verkauft hatte! – –

*

Den nächsten Morgen war sie früher bei der Arbeit als je! Auch ließ sie nicht nach im Fleiß trotz großer Müdigkeit. Dabei nahm sie ein verschlossenes, abweisendes Wesen an, ließ gegen niemand ein Wort über ihr Unglück fallen. Wenn ihre gutmütige Kostfrau ihr in Anbetracht ihres Zustandes einige Vorsicht riet und sie vor übermäßiger Anstrengung warnte, so wies sie diese Ratschläge und

Warnungen als unverdiente Beleidigungen von sich ab,– und als die Witwe sie eines Tages ernstlich ins Gebet nahm, leugnete sie trotzig und hartnäckig. – Das dauerte bis in den Sommer hinein. Dann verließ sie plötzlich unter dem Vorwand, von einer kranken Verwandten nach Hause berufen worden zu sein, die Gegend.

Daß sie nicht zu ihrer Verwandten nach Hause gehen würde, ahnten alle. – Wohin sie ihre Schritte lenken würde? – Davon wußte keiner etwas. Die Witwe, bei der sie eingemietet gewesen war, erklärte achselzuckend, das zu erfragen sei keines Menschen Sache. Wenn sich das arme Mädchen schämte, so sollte man ihr die Möglichkeit gönnen, sich zu verstecken. Brav und sittsam sei sie gewesen, so lange sie die Unglückliche gekannt, und weiter ginge sie die ganze Sache nichts an.

Während man in dem Dorfe, aus dem sie plötzlich entwichen war, noch allerhand Vermutungen hin und her flüsterte, hatte Marška ihre Schritte der Landeshauptstadt zugewendet.

In der Hauptstadt (das hatte man ihr einmal erzählt) ist ein großes Haus, wo Mädchen, die sich in Marškas unglücklicher Lage befinden, unentgeltliche Verpflegung finden, auch die ihnen vom Schicksal aufgebürdete Last niederlegen können, ohne sich weiter darum bekümmern zu müssen. – Nach diesem Hause strebte Marška. Sie konnte den Augenblick nicht erwarten, wo sie das barmherzige Obdach erreicht und sich ihrer Schmach für immer entledigt haben würde.

Dann würde alles wirklich vorüber sein, dann konnte sie rein und frei wie neugeboren durch die Welt gehen, den Kopf hochhalten – und vielleicht doch noch den schönen Burschen heiraten.

Sobald alles vorüber war, wollte sie ihm schreiben.

Da es weit war in die Hauptstadt, hatte sie gespart und gespart, um die Summe zusammenzubringen, die sie benötigte, um ihre Beförderung per Bahn bezahlen zu können. Aber bis zu der nächsten Bahnstation hatte man volle fünf Stunden zu gehen. Der Weg war mühsam, die Sonne schien heiß, die schwere Last, die sie mit sich schleppte, zog sie zu Boden. Sie setzte sich in den Schatten eines verlassenen Gebäudes nieder, das am Wegsaum stand – ihr kleines Bündel, welches außer ein wenig Wäsche ihre in den Zipfel eines Tüchleins eingebundenen Ersparnisse enthielt, auf dem Arm angehängt, um es nicht zu verlieren.

Aber ihre Müdigkeit war groß und die Hitze betäubend. Sie schlief ein. Als sie aufwachte, war das Bündel samt ihren mühsam ersparten Groschen verschwunden.

Was nun? ... Sie lief dahin und dorthin, klagend und schreiend die Landstraße entlang, bald hinauf, bald herunter, und wenn jemand ihr begegnete, so erzählte sie ihm ihr Leid, beschrieb die Farbe und Größe des Bündels und fragte immer wieder, ob dem Betreffenden nicht jemand begegnet wäre, der ein ähnliches Bündel davontrug.

Mitten aus ihrer Aufregung heraus merkte sie die spöttisch mitleidigen Blicke, die an ihr hängen blieben. – Da enthielt sie sich weiterer Fragen und Nachforschungen und entschloß sich, den Weg nach der Hauptstadt zu Fuß zurückzulegen. – Sie wußte nicht, wie gänzlich unmöglich ein solches Unternehmen war!

Die große Aufregung hatte ihr sehr geschadet – sie fühlte sich elend!

Heute war sie den zweiten Tag unterwegs ... Sie hatte nichts genossen als ein paar Kirschen, die sie am Straßensaum von den Bäumen gerissen, – sie schleppte sich kaum. Sie konnte nur mehr ganz kurze Strecken gehen, – dann mußte sie sich ausruhen!

Manchmal hockte sie sich am Rand eines Straßengrabens nieder – manchmal auf einen Steinhaufen. Dann richtete sie sich auf und ging weiter.

Als die Schatten lang wurden, merkte sie, daß ihre Stunde geschlagen habe!

Sie ließ ihre Blicke über die Landschaft streifen ... suchte ein Plätzchen, um zu sterben!

Hierbei merkte sie, was ihr während ihrer großen Schmerzen entgangen war, daß sich alles rings um sie verändert hatte.

Die Chaussee zog sich schwärzlich zwischen saftigen Rasenstreifen, hohe Pappelbäume hatten die Zwetschgenbäume am Straßensaum abgelöst – anstatt der im Staub erstickenden Rübenfelder streckten sich neben der auf einem Damm gebauten Straße grüne

Wiesen, aus denen hier und dort große, ernst rauschende Bäume aufragten, – meistens Erlen, aber auch manchmal Ulmen oder alte Weiden. –

Eine seltsame Feuchtigkeit machte die Luft weich und alle Bäume waren mit flimmernden rötlich-gelben Lichträndern umsäumt.

Nach einem Wald, in dem sie sich hätte verstecken können, spähte sie vergebens. Aber dort etwas tiefer in der Wiese drinnen war eine Strecke ganz mit Weiden- und Erlengebüsch durchwachsen, – dort wollte sie Zuflucht suchen.

Mit fast übermenschlicher Anstrengung schleppte sie sich hin ... dann brach sie zusammen zu Füßen einer mächtigen alten Weide, in deren Stamm eine ganze Reihe Kreuze eingeschnitten war. Sie zählte deren drei ... Als sie bei dem dritten angelangt war, faltete sie die Hände und betete!

Sie fürchtete sich nicht mehr, sie schämte sich nicht mehr, – hoffte nur, daß es das Ende sei, – und daß das Ende bald kommen würde!

Als sie aus ihrem schmerzlichen Halbbewußtsein erwachte ... lag etwas neben ihr ... etwas Lebendes!

Die Nacht war warm – die alten Weiden und Erlen schauerten und zitterten um sie herum, zwischen den Zweigen spähte der Mond! ... Es war gut, daß es so gekommen war, ohne daß jemand das arme Geschöpf gesehen hatte!

Sie lag da, den Kopf an eine Wurzel gelehnt, neben ihr das kleine rosa Ding, auf das der Mond schien und das anfing mit den winzigen Gliedern zu zappeln.

Das Gras war weich, ein würziger Geruch drang aus den Weidenästen. Seltsame Blumen ragten hoch und bleich aus dem feuchten Dunst, der über dem Boden schwebte und in den der Mondschein regenbogenfarbige Streifen zog!

Sie war noch immer müde, sehr müde, aber mit der Müdigkeit, in die sich eine große Erleichterung mischt. Sie atmete wie nach einer Befreiung auf. – Noch nie war ihr das Leben so lebenswert erschienen. Wenn nur das kleine rosige Ding neben ihr nicht gewesen wäre! ...

Aber da war's – es lebte und würde weiter leben! So lange es da war, konnte sie nicht den geringsten Anspruch mehr erheben auf das dringend verlangte Glück!

Niemand wußte davon!

Was ... wenn sie es einfach liegen ließe! ... zwischen den Weiden? ... Aber nein, man konnte es finden, Menschen, die sie im Vorübergehen gesehen hatten, konnten Verdacht schöpfen – das Gericht würde aufmerksam gemacht werden, man würde sie verfolgen! – Alles in ihr zitterte vor Entsetzen! Sie zog den Atem zischend zwischen ihren Lippen ein!

Das Kind mußte verschwinden – ... Das Beste wäre gewesen, es in die Erde zu versenken, wenn sie sich eine Schaufel hätte verschaffen können, um ein Grab zu graben. Aber ihre Hände waren zu matt, sie grub die Nägel in den Boden, um zu sehen, ob er weich sei. Der Boden war zwar weich, aber überall stieß sie auf Wurzeln. Sie hätte stundenlang wühlen müssen, um eine Grube herstellen zu können, die tief genug gewesen wäre – indessen wäre der Morgen gekommen, man hatte sie gefunden! . .. Nein ... sie mußte etwas andres ausdenken.... Der Fluß! . .. Sie hatte ihn schimmern sehen in der Ferne, wie ein breites, silbernes Band zwischen grünen Wiesen. – Aber er war weit und sie schleppte sich kaum. –

Während sie so über das und jenes nachdachte, fühlte sie plötzlich eine zarte, warme Berührung! ... Es durchfuhr sie ... das Kind, das neben ihr im Grase lag, hatte sich bewegt und dabei ihre Hand gestreift, die sie auf dem Boden aufgestützt hielt. Unwillkürlich sah sie darauf nieder. Es war ein Knabe, und im Mondschein konnte sie sehen, daß er wunderschöne große Augen habe – ihre Augen!

Eine Kröte hüpfte unbeholfen vorüber nach der Richtung des Kindes. Ohne im geringsten zu bedenken, was sie that, verscheuchte sie die Kröte und hob das Kind auf ihren Schoß. Da lag es nun, ein weiches, zappelndes Ding! Sie fühlte die Wärme seines gesunden Körperchens an sich wie eine innige Liebkosung – durch alle ihre Adern zog ein Gefühl, als habe der Liebste seinen Mund auf ihre Lippen gedrückt. Sie tastete nach seinen Händchen und Füßchen – sie blinzelte, um es genauer betrachten zu können im Mondschein.

Was für runde, kräftige Gliederchen es hatte, und zarte Härchen um die kleine Stirn!

Alles Blut drängte sich gegen ihr Herz – die Liebe fing an sich in den Haß zu mischen, wie die Morgendämmerung sich mischt in das Dunkel der Nacht! – Erst war's, als hielte das Kind in seinen kleinen Händchen den Schlüssel zu ihrem Herzen, den die Mutter mitgenommen hatte ins Grab. Eine rasende Unruhe peinigte sie – ein Herzklopfen, das ihr die Brust wund stieß! ... Und doch nein ... es mußte sterben! ... Nur wie? ... Töten – töten mußte sie's, damit's nicht schreien konnte, und dann? ... Ja, jetzt kam, ihr ein Gedanke! – Als man ihr den Weg nach dem nächsten Dorf – wo sie ein Nachtlager suchte – gewiesen, hatte man ihr gesagt, sie möge, wenn sie den Weg kürzend über den Feldweg schritt, den Pfad nicht aus dem Auge verlieren, denn nach rechts, dort wo die Weidenbüsche niedriger würden, da sei ein bodenloser Sumpf, in welchem schon mancher, der sich hinein verirrt, sein Leben gelassen habe!

Ja, in dem Sumpf wollte sie den kleinen Leichnam verbergen – aber vor allem hieß es das Knäblein töten!

Töten! ... aber das hatte noch Zeit! Und doch nein, es hatte keine Zeit – sie durfte die That nicht aufschieben, denn, das fühlte sie genau, wenn sie den kleinen, warmen Leib noch eine Stunde länger auf dem Schoße hielt, würde sie nie mehr im stande sein, ihm ein Leid anzuthun! Ein Leid ... armer kleiner Wicht! ... Sie nahm ihn in die Arme und hielt ihn an ihre Brust. Eine heiße Zärtlichkeit durchdrang sie. Fester, fester hielt sie das Kind, – sie drückte ihre Lippen auf seine kleine Stirn ... Plötzlich durchfährt sie's! ... Wenn es so sterben könnte ... Ja ... noch fester, enger hält sie's an sich mit rasender Innigkeit ... mit grausamem Haß, – sie weiß nicht, welches Gefühl das stärkere ist. – Da ... sein Köpfchen hängt schlaff herunter, die lustig zappelnden Glieder regen sich nicht mehr – ehe sie noch einen letzten Entschluß gefaßt ... ehe sie noch genau weiß, was sie gewollt hat, – ist es tot! – Da liegt es in ihrem Schoß bleich und still, mit halbgeschlossenen Augen, als ob es schliefe. Mit unsäglichem Grauen und nagendem Schmerz fühlt sie das langsame Erstarren und Erkalten des kleinen Leibes auf ihren Knieen! – Und während sie es immer von neuem in ihre Arme nimmt, ihm die Händchen und Füßchen küßt – rollen ihr die Thränen unaufhörlich über die

Wangen herab, fallen, fallen leise nieder auf den winzigen Leichnam! ...

*

Als der Mond zu sinken begann und der Tag erwachte, hüllte sie den kalten kleinen Körper in ihre Schürze ein, erhob sich und ging mit schwankenden Schritten nach der Richtung des Sumpfes hin. Gerad und starr, mit leerem Blick und erhobenem Kopf, wie eine Schlafwandelnde, schritt sie aus dem Erlengebüsch heraus in das Moor!

Jetzt sah sie das Wasser feucht unter dem Rasen schimmern in einer seichten Mulde, die an der einen Seite von hohem Schilf und sonderbar verschnittenen niedrigen Weiden umringt war – Weiden, aus denen es unter den kurzen, dünn aufstarrenden Aesten wie ungeheuerliche Menschenfratzen herausgrinste!

Graue Dünste umwogten die Stätte. Der Mond war im Sinken – seine Scheibe schimmerte verschwommen orangegelb aus dem Nebel.

Sie schob die Schürze von dem kleinen Köpfchen und drückte die blicklosen Augen zu. Sie küßte den ganzen kleinen Körper noch einmal, dann legte sie ihn nieder – nahm einen von den großen Steinen, die am Rand der Mulde aus dem Sumpfe hervorragten, und sich etwas vorbeugend, warf sie ihn in das Moor – in die kleine Vertiefung, die durch seine sinkende Schwere entstand, ließ sie das Kind fallen. Sie sah zu, wie es sank ... es sank nicht rasch genug. Eine rasende Angst erfaßte sie, da nahm sie einen zweiten Stein – sie wollte ihn darauf schleudern, – aber sie konnte nicht. Der Stein glitt ihr aus der Hand! ... Wie festgebannt stand sie da und starrte immer auf denselben Fleck,– das Kind war nicht mehr zu sehen. Ein kleiner Wassertümpel hatte sich gebildet an der Stelle, wo es versunken war! –

Sie schloß die Augen. Als sie dieselben wieder öffnete, war der Mond untergegangen. Ein blutroter Schimmer zog über das Moor und jagte die grauen Dünste wie unheimliches Gespenstergewirr vor sich hin. Die Vögel jubelten in den Himmel hinein – an allen Halmen funkelte der Tau! –

Plötzlich hörte sie ein Krachen in den Weidenästen – dann etwas, als ob jemand, der sich dort versteckt hatte, davoneile! –

Außer sich vor Schrecken sah sie sich um, ob sie irgend jemand ansichtig würde. Aber sie erblickte nichts.

Erst als sie sich eine Strecke weitergeschleppt hatte, bemerkte sie eine magere Person in dürftiger kleinbürgerlicher Kleidung, die in einem Straßengraben Gras absichelte. –

Aus dem einfach unter dem Kinn geknüpften, gelblichen Kopftuch schimmerte schlicht um ein blasses Gesicht gekämmtes rotes Haar.

Ein beklemmendes Gefühl durchschlich sie beim Anblick des Frauenzimmers. – Die Erinnerung an eine Aehnlichkeit mit irgend etwas ... irgend jemand. Doch vergeblich versuchte sie, die Erinnerung festzustellen!

Und die häßliche Empfindung ging unter in dem schrecklichen Aufruhr ihres ganzen Seins! –

Sie war viel zu unglücklich, um sich noch vor etwas zu fürchten – mochte es sein, was es wollte. –

*

Drei Jahre waren verstrichen. Die halbwüchsige, unreife, wilde Marška hatte sich in ein ernstes, fleißiges Mädchen verwandelt. Noch immer bildschön, war sie um einen halben Kopf größer als früher, mit breiteren Schultern, voll, ohne zu stark zu sein. Ihre Haut war weißer geworden, ihr krauses Haar glatter, ihre blauen Augen blickten ruhig unter den festgezeichneten dunklen Brauen.

Seit zwei Jahren diente sie nun in demselben Bauernhof. Man hatte sie nicht viel nach Auskünften gefragt, als man sie aufnahm. Sie hatte ihres Dienstes in St. Pankraz erwähnt und ein abgestempeltes Zeugnis vorgelegt – auch ein vorzügliches Zeugnis aus einem kurzen Dienst, den sie nach dem schauerlichen Begebnis im Moor angetreten hatte. Ueber die Zeit, welche dazwischen lag, hatte sie geschwiegen. Es hatte auch niemand danach gefragt. Binnen kurzem wurde sie von allen Seiten gerühmt, man neidete der Hálkowa – so hieß ihre neue Herrin – die stille, sittsame Magd, die nie eine Spur von Gefallsucht verriet trotz ihrer großen Schönheit, – die nie mit einem Burschen tändelte trotz ihrer Jugend, – die bei den Kirchweihen, wenn alles tanzte, ruhig zu Hause sitzen blieb und ihre Kleider stickte. Etwas Aehnlichem war man noch gar nicht begegnet. Anfangs sagten die Leute, das ginge nicht mit rechten Dingen zu, später gewöhnten sie sich daran, wie sie sich an alles gewöhnen, wenn sie Zeit finden dazu.

Marška ihrerseits gewöhnte sich an die Achtung ihres Nächsten, – und das war eine Gewöhnung, von der sich loszusagen ihr sehr schwer gefallen wäre! So waren die Tage vergangen und die Wochen – zwei Jahre seitdem sie den Dienst angetreten hatte bei den Háleks in Bramowitz. Kaum, daß sie während der Zeit den Bauernhof auf irgend eine längere Zeit verlassen hätte.

Der zweite Winter war hereingebrochen für sie in Bramowitz und das zweite Weihnachtsfest – still und behaglich mit einer großen Schüssel voll brauner Krapfen und einer zweiten mit Klößen, mit bescheidnen Geschenken und einem ganz kleinen Christbaum, der dicht mit Kerzen besteckt und von der Bäuerin und Marška mit selbstverfertigten Bäckereien behängt worden war; – die Mitternachtsmesse, der stille Spaziergang durch ein verschneites Dorf, auf dessen bläulichweiße Reinheit der Vollmond schien, – später die gemütlichen Abende in der Stube der Bäuerin – wenn man um einen großen, von einem kleinen Lämpchen erhellten Tisch saß und Federn schliß. – Der Bauer schnarchte daneben. Diese Musik gehörte zur Gemütlichkeit, wie das Sausen des Windes um das alte Strohdach herum. –An dem Tisch saßen die Bäuerin, ihr Töchterchen, Marška und der Knecht, – jeder mit einem großen Haufen Gänsefedern vor sich, von denen der Flaum heruntergezupft werden sollte. – Daß der Knecht mitzupfte, war etwas Neues. Sonst hatte er die Abende entweder im Wirtshaus zugebracht oder sich, sobald das Vieh gefüttert war, auf die Streu niedergelegt im Stall.

Seine Teilnahme an einer so unmännlichen Beschäftigung wie das Federschleißen war Marškas Einfluß beizumessen.

Freilich hatte Marška, als die Bäuerin neckend ihre Aufmerksamkeit auf diesen Umstand zu lenken gesucht hatte, nichts davon wissen wollen. Arme Marška! Auf das große, herrliche Glück, nach dem sie so glühend gedürstet, hatte sie verzichtet, aber sich mit einer niedrigeren Befriedigung abzufinden, – das hatte sie noch nicht gelernt. –

Während die drei Frauen und der Knecht mit den Federn herumhantierten, saß der Sohn des Hauses, ein etwa vierzehnjähriger Junge, dabei und las aus einem dicken braungebundenen Buch mit zerblätterten Seiten Räubergeschichten vor; er las mit einer lauten, etwas zankenden Stimme, der man es anmerkte, daß er sehr fest an die Räuber glaubte und daß er sich vor ihnen fürchtete. Es war immer, als hätte er sie zur Stube hinauslesen wollen.

Auf der Ofenbank, behaglich zusammengerollt, kauerte die große, graue Katze und spann zufrieden vor sich hin, – unter dem Ofen lag der Jagdhund des Bauern und reckte sich manches Mal im Schlaf oder auch schnappte er nach irgend etwas im Traum; – gegen die niedrige Zimmerdecke aus weiß getünchten Balken stieß mitunter eine dicke Fliege, die vom Herbst übrig geblieben war. – Die Federflocken flogen weiß zwischen den emsigen roten Fingern – hinter den kleinen, tief in der dicken Wand sitzenden, von Frostblumen glitzernden Fenstern schimmerte bläulicher Mondschein und das grüne Basilikum, welches aus braunen Blumentöpfen vom Fenstergesims aufragte, duftete würzig in die von einem starken Holzfeuer durchwärmte Stubenluft. –

So vergingen sechs Abende in jeder Woche, – am Sonntag freilich war's anders. Fast an jedem Sonntag gab's Musik im Wirtshaus, – da wurde getanzt und gezecht – da stand der ganze Bauernhof leer. Nur die Marška blieb. Wie man ihr auch zuredete, sich an den Faschingsfreuden zu beteiligen – sie blieb zu Hause.

*

An einem schönen frostigen Januartage forderte die Bäuerin die Magd auf, sich nach einem Dorf zu begeben, das etwa zwei Stunden von Bramowitz entfernt lag. Sie habe dort ein paar Gänse zur Zucht kaufen wollen, und zwar von ihrer Muhme, der Fialka, erklärte sie. Es sei die reichste Bäuerin dort im Ort und sie wohne in dem Hof, gleich am Anfang des Dorfs; man könne ihn sofort erkennen, weil das Haus einen großen Garten habe, der an die Felder stieß. Kannte Marška das Dorf? – Es hieß Worla. ... Nein, Mařenka kannte es nicht! –

Nun, verirren könne sie sich keinesfalls, erklärte die Bäuerin – Marška brauchte sich nur die Wegweiser anzusehen, dann könne sie nicht fehlen. Im übrigen erklärte die Bäuerin der Magd den Weg haarklein, und die Magd war ja ein kluges Mädchen, das sich leicht auskannte und in so eine Auseinandersetzung hinein verstand. – Nur etwas beeilen solle sie sich, meinte die Bäuerin, damit sie vor Abend, noch heimkäme, – denn es schiene zwar der Mond, aber seine Sichel sei noch schmal, und in keinem Fall sei es ratsam für ein schönes Mädel, sich spät auf der Landstraße herumzusiedeln.

Dann gab die Bäuerin der Marška eine Schüssel Kuchen mit, runde, goldgelbe Krapfen, welche die junge Magd mit einem schönen Gruß aus Bramowitz der Fialkowa übergeben sollte.

Marška machte sich auf den Weg. Lustig ging sie die Straße entlang. Der festgefrorene Schnee knirschte unter ihren Füßen.

So weit man sehen konnte, lag Schnee; auch die Wälder, die den Horizont umdüsterten, waren verschneit, und die Bäume, die am Wegsaum den Lauf der Straße bezeichneten, glitzerten und flimmerten von kleinen Krystallen umstarrt, wie aus Brillantstaub zusammengesetzt.

Und über dieses leuchtende, blendende Weiß spannte sich ein wolkenlos blauer Himmel.

Sie ging und ging. – Die Bewegung durchwärmte angenehm ihre kräftigen, jungen Glieder. Sie trug ein dunkelblaues einfaches Kleid. In dieser Gegend hatte man längst die malerische, aber oft unbequeme und häufig kostspielige Mode der Nationaltracht abgelegt. – Um ihren Kopf hatte sie ein großes weißes Wolltuch geschlungen, welches unter dem Kinn gekreuzt, im Nacken zusammengeknüpft war; das dunkle, leichtgelockte Haar um Stirn und Schläfen etwas frei lassend, umrahmten die hellen Falten auf das kleidsamste das seine, von dem raschen Ausschreiten leichtgerötete Gesicht.

Eine Weile ging es ziemlich steil bergauf, – am halben Wege senkte sich die Straße, und merkte es Marška wohl, daß sich auf der andern Seite des Bergrückens die Landschaft änderte. Wenn bis dahin der Lauf der Chaussee nur durch mehr oder minder ausgewachsene Pflaumenbäume bezeichnet worden war, so ragten jetzt hohe Pappeln am Straßenrand auf. – Hier und da unterbrach eine alte Ulme oder Erle die Schneefläche.

Marška blieb stehen. – Ihr war's, als spräche etwas Bekanntes zu ihr aus dieser weiten weißen Landschaft! – Sollte sie dieselbe bei ihren vielfachen Wanderungen wirklich berührt haben, – oder erinnerte sie die Umgebung nur an etwas früher Gesehenes. Jedenfalls veränderte die dicke Schneefläche das Bild für sie dermaßen, daß sie sich weiter nicht darin auskannte.

Um ein Uhr war sie ausgegangen, um halb vier erreichte sie Worla. – Von weitem erblickte sie das Gehöft der Fialkowa – das leicht kenntlich war durch seine stattlichen, alle übrigen Häuser des Dorfes überragenden Gebäude.

Auf dem hohen Schindeldach, aus dem zwei Mansardenfenster heraus sahen, lag der Schnee einen Fuß dick, was dem alten Haus ein recht anheimelndes Gepräge verlieh. Es sah aus wie in eine weiße Pelzkapuze eingemummt. Rechts davon, gegen die Felder zu, erstreckte sich ein weitläufiger Garten, – links, zwischen Wohnhaus und Kuhstall, die Hofmauer, aus der sich ein mächtiges Thor herauswölbte.

Die Bäuerin stand auf der Schwelle des Hauses und streute Futter für die Tauben, die zimperlich die kurzen Beine hebend so hoch sie konnten, auf dem Schnee herumhüpften. Es lag nur eine ganz dünne Schicht Schnee auf dem Boden des Hofraumes. Der Rest war sorgfältig weggekehrt worden.

Marška erklärte ihr Anliegen. Die Fialkowa nickte. »Ich weiß ... ich weiß ... hm! Ihr seid die brave Magd, die mir meine Base so sehr rühmte! ... Schön ... schön! – Vorerst wollen wir uns umsehen nach den Gänsen, Ihr sollt Euch die zwei stärksten bei mir aussuchen. Denn darauf kann sich meine Base wohl verlassen, daß Ihr's versteht, – und dann trinkt Ihr ein Töpfchen Kaffee mit mir zur Stärkung vor dem Heimweg!«

Die Gänseangelegenheit war bald erledigt, die zwei schönsten Vögel, waren beiseite gestellt worden, die Pani Mama erklärte, keine Bezahlung annehmen, sondern die Vögel nur austauschen zu wollen gegen einen Sack Getreide. Hierauf führte die Pani Mama (Frau Mutter) die Magd behufs der bereits in Aussicht gestellten

Stärkung in die Stube, dort packte sie erst die von Marška mitgebrachten Faschingskrapfen aus, welche sie über die Maßen lobte, nahm dann von dem großmächtigen Herd den bereitstehenden Kaffee und setzte ihn dem Mädchen vor, in einem appetitlichen weißen Porzellantöpfchen, das mit einem zwischen zwei Goldstreifen hinlaufenden Kranz dunkelroter Rosen geschmückt war.

Die Stube, welche offenbar zugleich Wohnstube und Küche darstellte, war groß, niedrig, wie Bauernstuben gewöhnlich sind, sehr freundlich und unendlich sauber. An den Wänden hingen Heiligenbilder, in einer Ecke stand ein altmodisches Bett, auf dem eine großgeblümte Kattundecke einen Wall von Federkissen verhüllte.

Die Bäuerin war sehr freundlich gegen die Magd, nötigte sie beständig zum Essen und erkundigte sich über die Verhältnisse in Bramowitz.

Mit vorsichtiger Zurückhaltung gab Marška Auskunft – plötzlich stockte sie und fuhr auffällig zusammen! Die Bäuerin, welche mit dem Rücken gegen die Thür saß, sah sich nach der Ursache um, welche die plötzliche Unruhe des Mädchens veranlaßt hatte. Dort in der Thür stand ein schöner, blonder Bursche, dessen Blick wie festgewachsen auf dem jungen Mädchen ruhte! –

Eine unmutige Falte zeichnete sich zwischen den Brauen der Pani Mama, zugleich erhob sich Marška. – »Es ist die höchste Zeit, daß ich gehe!« rief sie, »ich komm' sonst in die Dunkelheit hinein, und der Weg ist weit!«

»Ja, ja. Ihr habt recht,« erklärte die Pani Mama. Ihre Stimme klang jetzt recht abweisend und trocken. »Die zwei Gänse werdet Ihr wohl gleich mitnehmen wollen. Ich werde ihnen die Füße zusammenbinden und Euch einen Rückenkorb borgen.« – Dann zu dem jungen Mann: »Es ist die Magd von meiner Schwägerin, der Halka, die hier Gänse gesucht hat. Ich habe ihr ein Paar überlassen gegen einen Sack Hintergetreide.«

»Zu was soll sie sich schleppen!« entgegnete lebhaft der junge Bauer, – »es ist ohnehin spät und die Last hält sie auf beim Gehen. Morgen, wenn ich mit meinen Pferdchen das Getreide abholen komm', nehme ich die Gänse mit – da ist uns beiden geholfen!«

Obzwar diese letzten scherzhaften Worte eigentlich an Marška gerichtet waren, sah der junge Bauer, während er sprach, von ihr weg auf eines der Heiligenbilder an der Wand.

»Wie du willst,« erklärte die Bäuerin mit augenfälliger Verdrießlichkeit, dann aus der Schublade des großen Mitteltisches ein paar Schriften nehmend, fagte sie: »Hier ist die Holzrechnung des Autrata, sieh sie dir durch – ich versteh' mich nicht auf die Zahlen.«

Und während er noch ganz verdutzt dastand und auf den vor ihm ausgebreiteten Papierbogen starrte, verließ bereits die Bäuerin mit Marška die Stube.

Die Bäuerin packte eiligst in Marškas Handkörbchen ein Stück frische Butter und ein Stück Quark, welche beide sie der Frau Mutter in Bramowitz sandte mit einem schönen Gruß, offenbar als Erwiderung für die Krapfen –, worauf sie die Magd entließ.

Mit festen Schritten, aber unruhig klopfendem Herzen trat Marška den Heimweg an. Sie hatte doch zu lange hingezögert bei der Bäuerin.

Die traurige Halbdämmerung eines Winternachmittags fing an sich über die Welt zu senken, obzwar gegen Osten zu der Wiederschein der untergehenden Sonne noch rötlich auf dem Schnee schimmerte!

Ein seltsames Angstgefühl kroch Marška durch die Adern, langsam, fröstelnd, den Lebensmut lähmend. Der Schnee knirschte unter ihren Füßen, die Kälte brannte auf ihrem Gesicht, ringsum hielt der Frost das Leben gefangen – aber in ihrem Innern herrschte die Unruhe des Tauwetters. Alles was in ihr erstarrt war, regte sich. Für was hatte sie diese letzten dritthalb Jahre gelebt? Was hatte sie angestrebt? – Vergessen ... nur vergessen!

Es war ihr gelungen! ... Und plötzlich, von einer Minute zur andern .....

Die böse Nacht zwischen den Weiden, der Morgen im Moor lagen vor ihrem Gedächtnis ausgebreitet mit jeder Einzelheit, als hätte sie das Gräßliche gestern erlebt. – Und die Reue nagte an ihr mit derselben Grausamkeit, mit der sie an jenem leuchtenden Sommermorgen an ihr genagt hatte. Sie hatte damals in ihrer hilflosen

Scham und Verzweiflung das Kind getötet, um das letzte Hindernis aus dem Weg zu räumen zwischen ihr und ihm – sie hatte sich gesagt, sobald es tot ist, schreib' ich ihm. –

Aber als es tot war, wagte sie es nicht nur nicht mehr an ihn zu schreiben – sondern sie wagte es gar nicht mehr an ihn zu denken! Hundert Meilen wäre sie gewandert zu Fuß, um einer Begegnung mit ihm auszuweichen. Und jetzt hatte das Schicksal es doch so gefügt, daß ihr Lebensweg den seinen kreuzte! –

Und angesichts seiner ehrlichen, strammen, warmherzigen Männlichkeit erschien das begangene Verbrechen ihr nicht nur scheußlicher, sondern auch unnötiger als je. Das Kind hätte er ihr vielleicht verziehen – den Kindesmord nie! –

Freilich, wie sollte er denn je davon erfahren – das lag zwischen ihr und dem lieben Gott! Die schönen, schaurigen alten Erlen und Weidenbäume, das öde, grausame Moor – wer weiß, wo die waren! ... Ein böser Traum ... nicht daran denken, ... dann war's nicht gewesen! –

Uebrigens ...

Während sie noch so in Gedanken versunken weiter ging, hörte sie einen laufenden Schritt hinter sich. Ihr Atem stockte – sie wußte, daß er das sein müsse.

»Marška! ... Mařenka!« – rief er. Sie blieb stehen.

»Nur ein Wort! Sagt mir, daß Ihr mich erkannt, wie ich Euch erkannt hab', und daß Ihr. .. an mich gedacht habt – wie ich an Euch gedacht hab'.«

Ohne stehen zu bleiben, sah sie ihn mit ihren wunderschönen Augen erschrocken an, worauf sie, kein Wort erwidernd, weiter wollte.

Er aber ließ sich nicht abschütteln.

»Du bift's doch, Mařenka ... mein Täubchen! Hast du mich vergessen, Mařenka? Dein Herz einem andern geschenkt?«

Da blieb sie stehn. »Wie könnt Ihr nur ...!« rief sie.

»Wie kann ich ... was? Du Böse!«

»Mich zum besten halten, es ist schlecht von Euch, grausam!«

»Zum besten halten? ... Aber Mařenka! Mir ist's heiliger, heiliger Ernst. Solltest du vielleicht unser Verlöbnis nicht ernst genommen haben?«

Sie war jetzt ganz still – ihr Herz pochte so, daß man ihre Brust sich heben und senken sah. – »Damals ... anfangs nahm ich's ernst genug! ...« sagte sie, – »damals war ich ein Kind! ... Sie haben mich ausgelacht... alle haben mich ausgelacht dafür, – daß ich an Euer Wort glaubte – das sei doch nur ein Scherz gewesen, den Ihr Euch mit mir erlaubt habt, sagten sie. – Und anfangs wurde ich zornig, als sie mir das sagten – und dann! ... Nach und nach wurde ich müde, ich verlor den Mut, und da ...«

Er stand jetzt knapp neben ihr, die Hand auf ihrem Arm – »Und da? ...« rief er. Seine Finger schlossen sich um ihren Arm, seine Augen glitzerten unter den finster zusammengezogenen Brauen, wie blank geschliffener Stahl – »und da brachst du mir die Treue!« zischte er.

»Ich?« – Wieder sah sie ihm voll ins Gesicht. – »Ich? ... So fragt doch in der ganzen Gegend, kreuz und quer, fragt alle, die mich kennen, – alle, die im Lauf dieser drei Jahre mit mir zu thun gehabt haben, ob ich auch nur einen Burschen angeschaut hab'. Wie eine Nonne hab' ich gelebt, hört Ihr... Alle werden's Euch bestätigen, daß es wahr ist, was ich Euch da sage!«

Das zornige Zusammenziehen seiner Finger verwandelte sich in eine weiche, mitleidige Liebkosung. »Mein Täubchen!« murmelte er ... »und doch hast du aufgehört, an mich zu denken!«

Sie zog die Winkel ihres schönen dunkelroten Mundes schwermütig abwärts. »Nein,« murmelte sie heiser, »aber ich hab' aufgehört, auf Euch zu hoffen!«

»O Mädchen, mein Mädchen! – Wie thöricht! – Dich hab' ich gewollt vom ersten Augenblick an, da ich dich sah – und will noch heute keine andre als dich. ... Du kannst fragen deinerseits, ob nicht mein erster Weg, nachdem ich meine drei Jahre abgedient hatte, nach St. Pankraz war, um nach dir zu fragen. Aber du warst fort!«

»Sie hatten mich hinausgeworfen den Tag nach dem Fest in Sla-win, weil ich die Nacht weggeblieben war,« erklärte Marška in zor-niger Erregung, – »häßliche Sachen haben sie mir gesagt, und der Bauer hat mit dem Stock nach mir geschlagen. Gegen so ein armes, verlassenes Ding erlaubt man sich alles!«

»Arm und verlassen! ... Du sollst's nicht mehr sein, wenn du die Meine werden willst,« rief er und legte den Arm um ihren Leib. Wieder wehrte sie ihn von sich ab, aber sehr sanft. –

»Seid doch nicht thöricht! Wie wollt Ihr mich heiraten – habt Ihr das böse Gesicht nicht bemerkt, das Eure Tante Euch gemacht hat, nur weil Ihr mich ein wenig freundlich angesehen – von Haus und Hof jagt sie Euch, wenn Ihr im Ernst daran dächtet, mich zu heira-ten!«

Er stockte einen Augenblick nachdenklich. »Ach, das wollen wir doch sehen – meine Tante hat mich sehr lieb, ich setze durch, was ich will!«

»Wollen's abwarten!« murmelte Mařenka. »Und jetzt laßt mich gehen,« fügte sie hinzu, »'s ist schon spät. Die Frau Mutter wird mich ohnehin schelten wegen meiner Unpünktlichkeit.«

»Ich will dir einen kürzeren Weg zeigen, auf dem du die verlore-ne Zeit einholen kannst,« rief er. »Freilich mußt du dir meine Beglei-tung gefallen lassen!«

Das that sie denn auch. – Er führte sie über einen Feldrain, neben dem sich zwischen mächtigen alten Weiden eine oder die andere hohe Erle erhob.

Der Schnee glitzerte an Aesten und Zweigen, selbst ein Teil der Stämme war mit Schnee bedeckt.

Auf der Erde schimmerte über der kalten weißen Decke das durchsichtige Gold der letzten Sonnenstrahlen.

»Fürchtest du dich nicht?« fragte der junge Bauer etwas übermü-tig das Mädchen.

»Wie sollt' ich?«

»Es ist einsam hier und ich könnte dich töten!« lachte er.

Sie lachte nicht. »Und wenn ...!« Mit einem Ausdruck in den Augen, der so viel sagen wollte als »Leben und Tod nehme ich gleich willig aus deiner Hand!«

Er stutzte, dann jauchzend: »Mařenka, Mařenka... du bist mein!« rief er und schlang die Arme um sie und küßte sie. ...

»Dein! Das ist Unsinn! Mein Herz ist dein, zu was dir's verhehlen, und es ändert doch nichts an der Sache – ich hab' nie aufgehört, an dich zu denken – die ganzen Jahre – aber was bedeutet das? ... Die Deine werd' ich nie! ... nein, ... nie! ... Dein Unglück sein möcht' ich nicht!«

»Was das für Worte sind!« sagte er, und dann schloß er sie in seine Arme und küßte sie. Und es war etwas Wunderbares, sich so heiß küssen zu lassen mitten in dem kalten Schnee!

Da fuhr ein Windstoß durch die Kronen der Bäume, daß sie ächzten und krachten. Sie standen unter einer mächtigen alten Weide und eine Last von Schnee wirbelte nieder auf ihre jungen Häupter. Marška schüttelte sich heftig, um sich der weißen Flocken zu entledigen, ehe sie an ihr zerflossen – dabei hob sie den Kopf und bemerkte an dem Stamm der Weide mehrere in die Rinde eingeschnittene Kreuze.

Sie begann am ganzen Körper zu zittern! ... Gerade solche Kreuze hatte sie wahrgenommen an jenem Baum, unter dem sie in der mondhellen Sommernacht zusammengebrochen war, um zu sterben!

Die Erinnerung war unerträglich in diesem Augenblick, neben dem Geliebten.

»Komm!« rief sie hastig, »es ist spät! Ich muß nach Haus!«

»Du hast recht, und bei dem Weg, den ich dich führen will, muß man die Augen offen halten!« gab er zu. Dann schritt er rüstig vorwärts.

Flach und weiß breitete sich die Landschaft vor ihnen aus – nur an einer einzigen Stelle ragte niedriges Weidengebüsch auf.

Der Boden wankte unter Marška.

»Hier müssen wir vorsichtig sein – ich sag' dir's für ein andermal. Im Sommer ist es hier ganz und gar nicht geheuer,« erklärte der junge Bauer, »der Sumpf streckt sich bis weit in die Wiesen hinaus; man erkennt ihn im Sommer an der giftgrünen Farbe des Rasens, sowie an seinem eigentümlich reichen Blumenflor. Da hat sich schon mehr als einer darin verirrt – darum auch weichen ihm die Menschen von weitem aus – nehmen den Umweg über die Landstraße. Im Winter ist er weniger gefährlich – aber Stellen giebt es darin, die auch im Winter nicht zufrieren. Komm, reich mir die Hand. – Aber wie siehst du aus? – Du bist bleich, als wär' der Tod an dir vorübergegangen!«

Sie antwortete nichts. Ein rasender Schmerz durchbrannte sie, eine lähmende Angst ... und ... ein unendlich zärtliches Mitleid. Sie konnte sich kaum überwinden, die Füße auf die Erde zu setzen. Bei jedem Schritt, den sie that, war ihr's, als träte sie auf das Grab ihres armen Kindes. Sie hätte sich auf den Boden hinwerfen und den Schnee wegküssen mögen und die Erde streicheln! –

»Was hast du nur, Marška?«

Aber sie sagte nichts. Nur als sie die Heerstraße erreicht hatten, bat sie heiser: »Und jetzt dank' ich Euch vielmals, aber laßt mich, kehrt um – ich kenn' den Weg!« –

*

»Marška!« schrie die Hálkowa, da sie aus der Ferne einen Schritt kommen hörte. Sie stand in der kleinen Thür neben dem großen Hofthor und blickte die Dorfstraße entlang durch die blaugraue Dämmerung, in welche bereits da und dort das gelbe Viereck eines erleuchteten Fensters hineinglänzte.

»Marška, bist du's?«

»Ja,« antwortete des Mädchens Stimme müde, »ich habe nicht früher kommen können, Frau Mutter, der Weg war weit!«

Sie stemmte die Hand in die Seite, während sie etwas atemlos vor der Bäuerin stehen blieb.

»Ja, ja, ich mache dir keine Vorwürfe, ich fing nur an besorgt zu werden um dich. Ich hätte dich nicht so weit schicken sollen allein,« meinte die gutmütige Bäuerin.

»Ach Gott, so ein armes Mädchen wie ich!« seufzte die Magd. »Jeder weiß wohl, daß ich weder Geld noch Geschmeide bei mir trage! Im übrigen hab' ich feste Fäuste und weiß mich zu verteidigen!«

»Wie kalt du bist! Jetzt komm in die Stube und wärme dich,« drang die Bäuerin in sie.

Marška folgte ihr in die Stube, in der auf dem mit einem rotgeblümten Tuch bedeckten Tisch eine Lampe stand.

»Ich hab' dir Kaffee aufgehoben, du kannst dir ihn vom Ofen holen,« bemerkte die Bäuerin. Marška aber lehnte dankend ab. Sie war nicht hungrig. – »Uebrigens habe ich bereits in Worla Vesperbrot bekommen,« erklärte sie. Hierauf packte sie aus ihrem Handkörbchen die Butter und den Käse aus. »Mit einer schönen Empfehlung von Eurer Frau Base,« erklärte sie, indem sie beides der Bäuerin überreichte.

»Ach, war meine Base gnädig?« erkundigte sich die Bäuerin.

»Sehr! Und schön ist ihre Wirtschaft. Ich habe noch nie einen so stattlichen Bauernhof gesehen, und Ihr habt es doch hier auch prächtig,« erklärte Marška.

»Nun, und du hast dir die Gänse ausgesucht?« fragte die Pani Mama.

»Gewiß, ich wollte sie gleich mitbringen, die Bäuerin hätte mir einen Rückenkorb geborgt, aber der Bauer sagte, es sei unnötig – die Last würde mich aufhalten auf dem langen Weg – er bringt die Gänse morgen auf einem Karren und holt sich zugleich den Sack Getreide ab,« erzählte Marška, – »aber jetzt muß ich mich umkleiden, damit ich nach den Kühen sehen kann.«

»Ach, laß gut sein, laß – das wird Wilda besorgen.« Wilda hieß der Knecht. Eigentlich war er Wilhelm getauft worden, da aber die slawischen Zungen nichts Rechtes mit den zwei schönen germanischen Silben anzufangen wußten, so hatten sie aus Wilhelm allmählich Wilda gemacht.

»Wilda kann es einmal für dich thun. Du weißt,« – mit einem schelmischen Blinzeln.– »er läßt sich's nie zweimal heißen, wenn es gilt, dir eine Arbeit abzunehmen.«

»Ja, ich weiß es, aber es freut mich nicht,« seufzte Marška. –

»Ach, du hast unrecht, er ist ein guter Mensch, und – ja, das wollt' ich dir noch sagen, – er hat eine kleine Erbschaft gemacht – heute mit der Post ist ihm die Nachricht gekommen!«

»Gottlob, da wird er wohl aus dem Dienst treten und nach Hause gehen,« erwiderte Marška verdrießlich.

»Du hast unrecht, hast unrecht, Marška, aber das geht mich schließlich nichts an. – Ja, was ich sagen wollte ... erzähl mir doch weiter von Worla.... Der Bauer ... das ist wohl der neue, der Neffe, denn der Mann meiner Base ist ja schon lange tot – ein Neffe, nicht wahr?«

»Ich glaube – ja, – er nannte die Bäuerin Tante!«

»Ja, ja, es war die Rede davon, die Fialkowa hat mir's selber erzählt, daß sie einen ihrer Neffen annehmen wolle an Kindesstatt, sobald er seine Zeit beim Militär abgedient haben würde. – Und wie schien er dir – ich meine sein Aeußeres!«

»Ein recht stattlicher junger Mensch,« erwiderte Marška, »übrigens werdet Ihr in der Lage sein, selbst zu urteilen, wenn er morgen kommt.«

»Ja richtig, er soll morgen kommen. Es freut mich – es ist sehr artig von ihm, offenbar will er uns kennen lernen, sonst hätte er ja den Knecht schicken können!«

»Offenbar!« wiederholte Marška zerstreut.

Sie sagte das ohne zu denken, was sie sprach – dabei war sie totenblaß und zitterte.

»Was hast du nur?« fragte die Bäuerin, sie aufmerksam betrachtend. »Du bist wie ausgewechselt.«

»Ich weiß nicht, was es ist,« sagte das Mädchen dumpf; »ich denke, ich habe mich erkältet – das Fieber schüttelt mich.« –

Die Bäuerin riet ihr darauf dringend, sich zu Bett zu legen – sie wolle ihr Thee bringen, damit sie in Schweiß gerate; aber davon wollte Marška nichts hören, sondern bestand darauf, ihren Obliegenheiten nachzukommen. –

Sie schlich einher wie ein Geist! –

Noch spät abends teilte sie der Bäuerin mit, sie müsse aus dem Dienst treten – und als die Bäuerin bestürzt fragte, weshalb, sagte sie, es sei wegen des Knechtes, der sie beständig mit seinen Liebeserklärungen plage, und heute wieder, auf seine kleine Erbschaft pochend, mit Werbungen in sie gedrungen sei. Er konnte nicht begreifen, daß ein armes Mädchen, wie sie, einen jetzt verhältnismäßig wohlhabenden Burschen, der sie zu seinem rechtmäßigen Weibe machen wollte, auszuschlagen wagte.

Hierauf erklärte die Pani Mama – sie würde schon nach dem Rechten sehen; wenn einer von beiden den Hof verlassen müsse, so sei's der Knecht, für den das Dienen jetzt ohnehin in seinem neuen vermögenden Zustand nur ein Vorwand sei, sich in der Nähe der schönen Magd herumzudrücken. Uebrigens thäte ihr die Sache sehr leid, denn der Wilda sei immer ein so braver, stiller Bursche gewesen, wohl danach angethan, ein Mädchen glücklich zu machen. Vielleicht überlegte sich's Marška doch noch! –

Das aber schien ausgeschlossen. –

*

Den nächsten Tag – gegen zehn Uhr – kam der junge Bauer angefahren mit zwei schmucken, braunen Pferdchen vor einer glänzend neuen Britschka. – –

Die schöne Magd kam nicht zum Vorschein, aber als der Bauer wieder fortfuhr, begegnete er ihr, wie sie zum Brunnen ging. – Er hielt, mit seinem Gespann an, grüßte sie und rief ihr ein paar Worte zu. Sie antwortete kurz und eilte an ihm vorbei.

So vorübergehend die Begegnung gewesen war, hatte sie doch einer bemerkt, und zwar der in die schöne Magd verliebte Knecht.

Den ganzen Tag warf er ihr hierauf böse Blicke zu. Abends im Stall, als sie gerade den Kühen Futter vorlegte, stellte er sich, die

Hände in die Seite gestemmt, vor sie hin. »Na, jetzt weiß ich, warum du mich nicht magst!« rief er, »willst hoch hinaus – Bäuerin willst du werden! Wenn du dich nur nicht verrechnest... so eine wie du. ... Hübsch bist du ja, und abküssen möcht' dich ein jeder, aber vors Altar mit dir zu treten, das überlegt er sich! Nimm dich in acht!« Und er hielt ihr drohend die Faust vors Gesicht. –

Sie antwortete kein Wort. –

»Ich hab's ja immer gesehen, daß dich der Hochmutsteufel reitet,« rief er, »aber daß du dich so weit versteigst mit deinen Wünschen, das hätt' ich doch nicht gedacht!«

Und dann häufte er Schimpfworte auf sie. Sie ging ihrer Arbeit nach, ohne auf ihn zu achten und als er nicht aufhören wollte, bedeutete sie ihm, daß sie die Bäuerin rufen würde, wenn noch ein Wort fiele. Da verstummte er.

Am nächsten Tag aber schlich er ihr wieder nach auf Schritt und Tritt, – diesmal jedoch ganz de- und wehmütig.

»Ich hab' dich beleidigt gestern,« ächzte er einmal um das andere Mal, – »beschimpft hab' ich dich. Aber du mußt mir verzeihen, denn ich habe dich doch nur beschimpft aus Liebe, weil ich toll war vor Verzweiflung. Das mußt du doch begreifen! – Nie wird dich einer so lieben wie ich! O, wenn du mich nur ansehen wolltest – nur ein einziges Mal, dann würdest du mir verzeihen, – aus Mitleid würdest du mir verzeihen, aber du siehst immer nur an mir vorbei oder über mich hinweg! Mařenka! ... Mařenka, hab Mitleid mit mir, ich kann nicht leben ohne dich! Und du sollst's gut haben, so gut fast wie eine Frau Mutter. Ich bin ja jetzt kein armer Teufel mehr, hab' dir was zu bieten, Marška – Mařenka!«

Sie aber fuhr schaudernd von ihm zurück. Niemand hatte sie Mařenka genannt seit ihrer Mutter Tod als ihr blonder Schatz, den sie nicht lieben durfte, – auf den Lippen des Knechtes war ihr der Name schrecklich.

Da wurde er nun vollends toll. Er kniete nieder in den Schnee und haschte nach ihren Kleidern. Als sie ihm diese entzog, warf er sich auf den kalten, weißen Boden und küßte die Fußspuren des Mädchens und heulte dabei wie ein angeschossener Hund.

Abends, während Marška im Stall beschäftigt war, hörte sie vor der Thüre draußen schluchzen. Sie öffnete die Thür – da lag der Knecht im Schnee ausgestreckt vor der Schwelle.

»Was soll das?« rief sie außer sich. – »Steht auf! Gleich, hört Ihr! und seht, daß Ihr fortkommt.«

»Ach, laß mich – ich verdien's nicht besser – nach dem, wie ich dich gestern beschimpft habe! Es war schlecht von mir und es war dumm, denn wenn ich das nicht gethan hätte, hättest du mich vielleicht doch noch einmal genommen, – nicht aus Liebe, denn was bin ich für einer, daß ein Mädchen wie du mich lieben könnte – aber vielleicht aus Verzweiflung hättest du mich genommen, nachdem dir der andre das Herz gebrochen hätte. Aber so ... nie mehr wirst du etwas wissen wollen von mir – und ich denk' auch gar nicht mehr daran, – nicht mit einem Gedanken denk' ich dran! Gott bewahre! Nur noch einmal freundlich ansehen sollst du mich und sagen, daß du mir verzeihst!«

»Ich hab' Euch nichts zu verzeihen!« sagte sie.

Und als er auf diese trügerisch freundlichen Worte hin aufsprang, benützte sie die Gelegenheit, aus der früher durch seinen Körper verschanzten Stallthür zu schlüpfen.

Rasch schritt sie über den noch immer verschneiten Hof, auf dessen helle Fläche der Vollmond herabschien. Nur der Düngerhaufen und eine große Pfütze davor unterbrachen das eintönige Weiß, in welches da und dort Furchen gegraben waren. –

Dann, als sie knapp an der Thür des Wohnhauses stand, das dem Stall gegenüber eine Längsseite des Hofes einnahm, rief sie: »Ich hab' Euch nichts zu verzeihen, weil man Narren überhaupt nichts zu verzeihen hat – man nimmt ihnen nichts übel, weil sie nicht zurechnungsfähig sind, aber lieber hat man sie darum nicht, – und zu schützen trachtet man sich vor ihnen, wie man sich vor wilden Tieren schützt!«

»Ach! So meinst du's!« schrie er, dann stieß er einen halb schnaubenden, halb stöhnenden Laut aus, – sprang auf sie zu, nahm sie um den Leib und preßte wilde Küsse auf ihr Gesicht! –

Sie schrie, die Thüre des Wohnhauses öffnete sich, der Bauer trat heraus, packte den liebestollen Knecht beim Arm. Dieser ließ das Mädchen los. Er riß sich den Hemdkragen auf, worauf er mit tiefgesenktem Kopf vor dem Bauern stehen blieb.

»Schau, daß du dich fortscherst!« erklärte der Bauer, »ich will nichts mehr mit dir zu thun haben. Auf der Stelle gehst du!«

Der Knecht seufzte tief: »Ich hab's gewußt, daß es so kommen würde!« und, ohne ein Wort mehr vorzubringen, ging er in den Stall und packte seine kleinen Besitztümer in ein Bündel zusammen. Dann klopfte er an die Thüre der Wohnstube.

»Was gibt's?« fragte der Bauer.

Der Knecht trat ein, er hatte seinen Sonntagsanzug angethan und sich die Haare mit Wasser geglättet. Er sah beschämt und traurig aus und hatte dick verschwollene rote Augen.

»Will der Herr Vater nachschauen, ob ich mir nichts unrechtmäßig zugeeignet hab'?« – fragte er, auf sein Bündel deutend.

Der Bauer fing an zu schlucken – er hatte plötzlich einen ganz trockenen Mund. »Laß gut sein, mir ist nicht das Geringste weggekommen in den vier Jahren, die du bei uns warst. In deine Ehrlichkeit setz' ich keinen Zweifel.«

»Nun dann dank' ich Euch und der Frau Mutter nur noch vielmal für alles Gute, das Ihr mir gethan habt, und ... ist mir leid, daß es so hat kommen müssen.«

»Mir auch,« sagte der Bauer. Die Bäuerin fragte: »Wollt Ihr nicht ein Stück Brot und Käse mitnehmen auf den Weg?«

Doch Wilda schüttelte den Kopf, er machte den Mund auf, um zu reden, konnte aber nur schluchzen.

Noch einen Augenblick blieb er stehen, dann wandte er sich um und ging.

Kurz darauf sahen die, welche in der traulichen Bauernstube beisammen saßen, einen tiefgebückten, traurigen Schatten an den kleinen, von Frostblumen verschleierten Fenstern vorüberschleichen.

An diesem Abend kam keine rechte Gemütlichkeit zu stande beim Federschleißen. Frantischek, welcher sich wie gewöhnlich zu

den Weibsleuten gesellt hatte, um ihnen vorzulesen, blieb plötzlich
an der spannendsten Stelle seiner grausigen Räubergeschichte ste-
cken und brach in lautes Heulen aus. Er war an diesem Abend nicht
zu bewegen, das Buch noch einmal zur Hand zu nehmen.

Das Vertrauen des Bauern in die Ehrlichkeit des Knechtes stellte
sich als vollständig gerechtfertigt heraus. Das Arbeitszeug war alles
in Ordnung – nicht ein Nagel, nicht ein Knopf war abhanden gekommen.

Das einzige, was fehlte, war ein armseliges Kattuntüchlein
Marškas, welches sie auf dem Kopf zu tragen pflegte.

Bald verlautete es in der ganzen Gegend, daß Wladimir Srp, der
Neffe und mutmaßliche Erbe der reichsten Bäuerin in dem wohlhabenden Dorfe Worla, eine Leidenschaft gefaßt habe für die schöne
Magd in Bramowitz. Natürlich verfehlten die bösen Zungen nicht
hinzuzufügen, daß sie ihm nachgestellt, ihn durch die Teufelei ein-
schmeichelndster, weiblicher Liebeskünste behext haben müsse.

Diese Behauptungen aber wurden von vernünftigen Menschen
bald dorthin verwiesen, wo sie hingehörten, nämlich ins Fabelreich.

Marška stellte dem jungen Menschen nicht nach, liebäugelte nicht
mit ihm, ja es hatte geradezu den Anschein, als wehre sie sich mit
Händen und Füßen gegen ihr Glück. – Wenn er unter irgend einem
Vorwand nach Bramowitz kam und bei den Haleks vorsprach, wich
sie ihm jedesmal aus. Manchmal zeigte sie sich gar nicht, zu andern
Malen nur auf einen Augenblick, – an einem Tag war es nur ein
scheues Lächeln, das er erhaschte, zu andern Malen ein trauriges,
sanft abweisendes Wort. – Zu noch andern Malen erkannte er nur
ihren Schatten an der Wand, – und ehe er sich nach ihr umgesehen
hatte, war sie verschwunden!

Die Sonne kam jetzt alle Tage früher und trennte sich jeden Tag
später von der Welt. Es taute regelmäßig um die Mittagszeit. Da
hörte man das Wasser in großen Tropfen von den Dächern fallen
und am Morgen hingen an den Dachsimsen lange Eiszapfen nieder,
welche die Form von Toledaner Dolchen hatten.

Die Dächer waren längst nicht mehr ganz weiß, – aus der
Schneedecke heraus schimmerte smaragdgrünes Moos, oder dun-
kelte einfach das schwarze Stroh.

Und dann kam ein Tag, an dem der Rhythmus der fallenden Tropfen rascher, immer rascher wurde und sich die Eiszapfen nicht mehr bildeten in der Nacht. – Ein weicher, feuchter Südwind, der den Schwalben den Weg zeigte, löste alle Starrheit – und zauberte den Schnee weg, man wußte nicht wie.

Auf der Landstraße standen große Pfützen, in denen sich der Himmel spiegelte, – und über die der Schatten eiliger Frühlingsvögel zog.

Von allen Seiten tönte das Gemurmel fließenden Wassers, – wo die Erde nur irgendwie bergab ging, hatte sich der zertaute Schnee eine Furche gegraben und ein Bächlein gebildet. Ueber Felder und Stege, Wiesen und Thäler schwebte die friedlich weihevolle Stimmung des Vorfrühlings wie ein nachdenkliches Zögern zwischen zwei Jahreszeiten.

Die Erde lag da vom Bann des Winters befreit, wie nach schwerer Krankheit aufatmend und sich aus tiefer Bewußtlosigkeit heraus an der Empfindung ihres neuen Lebens freuend, – aber ohne daß sie noch Kräfte gesammelt hätte, um irgend etwas Großartiges zu unternehmen. Die stürmischen, blumenbekränzten Ausgelassenheiten des späteren Frühlings fehlten. In das träumerische Gerisel des Wassers tönte manchesmal das Krachen der Aeste eines Baumes, der sich verschlafen in der lauen Luft dehnte.

*

Auch in der Brust der Menschen regte sich neues Leben und in ihrem Herzen wurde die Sehnsucht stärker! – Ueberall bezogen die Schwalben ihre verlassenen Sommerquartiere und besserten emsig nach, was der Winter daran zerstört hatte. Nur an dem alten Bauernhaus der Fialka blieben die Schwalbennester leer.

Und es waren doch so schöne Schwalbennester unter dem vorspringenden Dach nach der Hofseite zu. Alle Jahre hatten die Schwalben darin gewohnt und waren von da aus an sonnendurchglänzten Frühlingstagen, eine bläulich-schwarz und weiß schillernde Gesellschaft, ausgezogen, um ihre Jungen fliegen zu lehren.

Heuer blieben sie fern. Sie hatten zwar ein paarmal laut zwitschernd das Gehöft umkreist – waren aber jedesmal wieder fortgezogen.

Die Leute sagten, die Schwalben fürchteten sich vor dem Gehöft, weil der Friede von dort gewichen sei.

Alle Tage gab es böse Auseinandersetzungen zwischen dem jungen Bauern und der Pani Mama. Sie hatte ihm eine reiche Braut vorgeschlagen, die er verschmäht und mit der Versicherung abgelehnt hatte, daß er auf dieser Welt keine andre heiraten wolle als Marška, die Magd, – das schönste und sittsamste Mädchen im ganzen Umkreis. Als sie müde wurden, miteinander zu streiten, hörten sie auf, miteinander zu reden. Die Traurigkeit in der Chlamovka – wie die Leute in der Umgebung den Bauernhof nannten nach irgend einem längst verstorbenen Besitzer – wurde darum nur um so drückender. --

Immer elender wurde indes der junge Bauersmann, sein Aussehen flößte selbst fremden Menschen Erbarmen ein. –

***

Und wie stand es um Marška? ... War der Widerstand, den sie seiner Werbung entgegensetzte, nur eine berechnende Verstellung gewesen, – eine bewußte, aufreizende Verlogenheit? –

Nein! Die Erinnerung an ihre Vergangenheit hatte sich mächtig in ihr geregt, nach dem Wiedersehen mit ihm. So fest das tote Zeugnis für ihr Verbrechen schlief unter der grünen Rasendecke des Moors, hatte sie doch das Gefühl, als würde es gegen sie auferstehen, sobald sie die Hand nach dem wundervollen Glück auszustrecken wagte, das sich ihr bot. –

Aber der Frühling war gekommen und auch in ihrem Herzen war das neue Leben erwacht und auch ihr Blut hatte die neue Sonne entzündet. Sie liebte ihn, wie er sie liebte – fast noch ungestümer, und alles Wüten gegen sich selbst nützte nichts.

Sie konnte die Nächte nicht mehr schlafen, ihre Augen brannten, sie konnte bei Tage nicht mehr essen, ihr Mund war trocken, arbeiten konnte sie nicht mehr, ihre Glieder waren wund und schwer! –

Und eines Tages bat sie die Halka im Ernst, sie aus dem Dienst zu entlassen, und gestand ihr zugleich den Grund dieser Bitte. Fertig werden mit sich könne sie nicht und den jungen Bauern heiraten gegen den Willen der Seinen, das wolle sie nicht – so sei es besser, zu gehen.

Dies sah die Bäuerin ein und hieß sie denn in Gottes Namen ziehen.

*

Der Tag, an dem sie Abschied nehmen sollte von Bramowitz, nahte. In den großen Schmerz der Entsagung mischte sich noch ein kleineres wehmütiges Leid. –

Es war traurig, zu scheiden von Menschen, die gut gegen sie gewesen waren, von einem Ort, in dem 8 jeder Baum, jedes Gerät, jedes Tier sie nur an liebe, freundliche Stunden erinnerte. Sie scheuerte und putzte noch emsiger als früher, um alles in schönster Ordnung zurückzulassen. – Sie legte den Kühen besondere Leckerbissen vor und gab ihnen Kosenamen, während sie dieselben bürstete. –

Sie rief die Hühner zehnmal am Tage und freute sich, daß sie ihrem Ruf folgten. Ja, manchmal fuhr sie dem alten Nußbaum, der in einer Ecke des Gartens stand und unter dem sie im Sommer am Feierabend zu sitzen gepflegt hatte, zärtlich über die tiefgefurchte graue Rinde.

Es fiel ihr schwer, zu gehen – aber fort mußte sie, das Bleiben mit der ewig zehrenden Unruhe, dem verführerisch vor ihr her schillernden Glück, nach dem sie nicht greifen durfte, – war noch ärger!

Mit den Tagen konnte sie noch fertig werden – die Nächte aber waren fürchterlich. Immer führten ihre Gedanken sie an dieselbe unheimliche Stelle in ihrer Vergangenheit zurück! –

Auf ein Einziges freute sie sich! – Sie wollte endlich ihr Herz erleichtern – in einer neuen Gegend endgültig ein neues Leben anfangen! – Sie hatte gelernt zu beten in diesen Jahren, – aber ihre Schuld zu beichten – dazu hatte sie sich bis dahin noch nie entschließen können!

Dort – in dem andern Dorf – die Bäuerin hatte ihr bereits einen Dienst verschafft bei Verwandten in einer Ortschaft, die volle fünfzehn Meilen entfernt lag von Bramowitz – dort wollte Marška endlich das Versäumte nachholen und beichten. So lange hatte sie sich davor gescheut – jetzt konnte sie den Augenblick gar nicht mehr erwarten – ja beichten, endlich mit einem Menschen davon reden können, was sie jahrelang mit sich allein hatte herumtragen müssen, sich eine Buße auferlegen lassen, in der sie den Frieden wiederfinden würde! – Ach, Frieden – Ruhe – mehr verlangte sie nicht für den Rest ihres Lebens! –

Ueber das eine war sie ganz einig geworden mit sich – lügen wollte sie unter keiner Bedingung mehr – mochte kommen, was wollte – lügen würde sie nicht mehr! –

Arme Marška! ...

Es war ein wunderschöner Tag, Anfang April. Vor kurzem war ein Regenschauer über die Erde hingegangen – an allen Bäumen hingen Thränen – im Osten spähte die Sonne ober einem dunkelblauen Waldstreifen und unter einer schiefergrauen Wolke heraus, und warf einen fast schwefelgelben Lichtstreifen über die von dem Tau versilberten blaßgrünen Frühlingsfelder. –

An den gebogenen Zweigen der Stachelbeerbüsche grünte bereits zartes fiedriges Laub – und aus den braunen Knospen der Fliederbüsche streckte sich hier und da ein vorwitziges Blättchen. Sonst war das Gärtchen, in welchem Marška ein kleines Gemüsebeet vorbereitete, noch kahl – nur mit Regentropfen und Abendlicht geschmückt! –

Während sie so in tiefe Gedanken versunken auf der Erde kniete, hörte sie wie jemand über die Mauer des Gärtchen sprang. Sie sah auf – er war's! – Sie wollte fliehen, aber er versperrte ihr den Weg. –

So standen sie beide wie angewurzelt und blickten einander in die eingesunkenen Augen, – und ein schreckliches Mitleid ergriff einen jeden für des andern Pein, und schürte die Leidenschaft.

»Aermster!« flüsterte sie außer sich und die Thränen stürzten ihr aus den Augen.

Dann faßten sie sich an den abgemagerten zitternden Händen – und, ehe sie auch nur ein Wort gesprochen, brannten ihre vom Fieber glühenden Lippen aneinander.

Als er endlich reden konnte, fragte er sie, ob sie wohl den Mut habe, das Weib eines armen Mannes zu werden? – Er würde mit allem brechen, auf sein Erbteil verzichten, wenn sie ihm in die Welt folgen wollte als sein liebes Weib! –

Hierauf sagte sie, von Mut könne da gar nicht die Rede sein – sie könne es einfach nicht mehr aushalten ohne ihn – nein, sie könne nicht! ... Im übrigen wolle sie ihm nirgends hinderlich sein, wolle ihn um nichts Gutes und Schönes bringen im Leben. – Ihre Liebe frage nicht nach Kirche – nach Pfarrer, – er möge aus ihr machen, was er wolle! – Wenn sie nicht sein Weib werden dürfe, wolle sie seine Magd sein, und wenn er sich satt geliebt haben würde an ihr, und sie nicht mehr wolle, so würde sie ihn doch noch segnen, – ja an dem Tage, an dem er sie verstieße, wolle sie ihn segnen und Gott danken für das vergangene Glück, – ja selbst, wenn sie sich den nächsten Augenblick aus Verzweiflung ins Wasser stürzen müßte.

Die Worte strömten zwischen ihren roten Lippen hervor wie der berauschende Duft aus einer roten Blume.

Entzückt hörte er ihr zu. Als sie verstummte, lehnte sie müde an seiner Brust – ausruhend von dem langen Wüten gegen sich selbst, das zu nichts geführt hatte als zu dieser beseligenden Niederlage.

Noch denselben Tag erklärte Wladimir seiner Tante, daß er fürder auf sein Erbe, ja auf jede weitere Unterstützung verzichte, daß er Haus und Hof verlassen wolle – um als gewöhnlicher Arbeiter für sich und die Geliebte das Brot zu verdienen! Da wurde die alte Bäuerin, die an ihm wie an ihrem Augapfel hing und der sein Glück vor allem am Herzen lag, mehr als ihr alter, starker, durch Generationen festgewurzelter Bauernstolz, sehr unruhig, sie fing an zu zweifeln und zu schwanken! ... »Gönn' mir vierundzwanzig Stunden, um Erkundigungen einzuziehen,« sagte sie. Das konnte er ihr nicht verweigern.

Den nächsten Abend, als Wladimir aus der Arbeit heimkehrte, – erwartete sie ihn auf der Schwelle der Hausthüre mit einem breiten, gutmütigen Lächeln auf ihrem schönen, alten Gesicht. »Wie geht's – kommst du nicht in die Stube, dich ausruhen?« fragte sie.

Er aber erklärte mit seiner dumpfen, mutlosen Stimme: »Ich habe draußen im Garten zu thun.«

»Ach komm nur einen Augenblick, Wláda, sieh in die Stube hinein – ich hab' eine Ueberraschung für dich!«

»Laßt mich – Ihr meint es gut, aber ...« Er fuhr sich trübsinnig mit der Hand vom Hals aufwärts über den Kopf ...

»Eine Ueberraschung, die dich freuen wird,« versicherte die Bäuerin bedeutungsvoll.

Er stutzte! – Ueber die Schulter der Bäuerin herüber ragte das reizende Köpfchen Marškas – ihre blauen Augen blickten ihn träumerisch an – und auf ihren Lippen lag ein Lächeln, das weggeküßt werden wollte! ...

*

»Nächstes Jahr nisten die Schwalben gewiß wieder bei uns!«

Der junge Bauer war's, der sprach. Er rüstete sich zur Arbeit. Die Frühsonne schien durch blühende weiße Frühlingsbäume über schwarze Strohdächer in den Hof hinein. Wladimir stand vor dem Pflug, vor den ein schönes schwarzes Roß gespannt war. Und Marška stand an der Thürschwelle – sie hatten soeben Abschied genommen für ein paar Stunden.

»Ja, nächstes Jahr gewiß,« murmelte sie, indem sie die leeren Nester betrachtete.

»Ach, Mařenka! denk dir nur ... heute nacht, als ich nicht schlafen konnte, weil mir das Herz so laut klopfte in der Brust und weil die Nachtigall so süß im Garten sang, heute nacht hab' ich's ausgezählt... in siebzehn Tagen heiraten wir. Morgen werden die ersten Aufbietungen sein, Marška. Es ist kaum auszuhalten vor Glück!« – Er sprang zu ihr hinauf über die drei Stufen, die aus dem Hof zur Thürschwelle führten, hob sie mit beiden Händen in die Luft, – setzte sie wieder nieder und küßte sie drei-, vier-, zehnmal, zwanzigmal. – »Aber so laß doch, benimm dich ein wenig vernünftig!« wehrte sie ihm. – »Laß doch, Ungestümer!« Sie hatte einen strengen, fast mütterlich verweisenden Ton angenommen. Als er aber eingeschüchtert und etwas beschämt zurücktrat, da hörte er ... so leise, daß er anfangs wähnte, der Frühlingswind habe eine Blüte an seinem Ohr vorübergetragen: »Wladičku!« Dann etwas lauter und noch weicher und süßer: »Wladičku!«

Er sah aus, sie war von der Schwelle heruntergestiegen und stand nun auf der untersten Stufe. »Wláda!«

Er trat auf sie zu, das Herz pochte ihm bis in den Hals hinauf, – sie streckte die Arme aus ... als er sie aber von neuem so stürmisch umfangen wollte, drohte sie ihm mit dem Finger.

»Nur einen Kuß,« flüsterte sie, »und den darfst, du dir nicht nehmen – ich will dir ihn schenken, hörst du?« Dann von ihrem erhöhten Standpunkt aus neigte sie sich zu ihm nieder, legte ihm die Arme um den Hals und beglückte ihn mit dem versprochenen Geschenk. – Ja, nur ein Kuß – aber wie lang, wie süß! ... Und als der junge Mensch noch ganz benommen mit schwindelndem Kopf und pochenden Adern vor ihr stand, stieß sie ihn plötzlich von sich – sanft, aber so fest, daß es keine Widerrede gab.

Ein leises, vergnügt zärtliches Liedchen pfeifend, ging er mit Pferd und Pflug zum Hof hinaus.

Eine Weile tönte aus der Ferne noch das Knarren des Pflugs und das lustig gepfiffene Liedchen – dann nichts mehr.

Sie sah nun nach, ob in Küche und Hof etwas zu bestellen sei. Aber im Hof war alles in schönster Ordnung und die Küche besorgte die alte Bäuerin stets selbst. »Bis du vom Altar zurückkehrst, dann leg' ich den Kochlöffel nieder und zieh' mich auf meinen Altenteil zurück – bis dahin laß mich noch schaffen und arbeiten,« hatte die alte Frau erklärt. »Du sieh, daß du mit deiner Ausstattung fertig wirst. Bräutchen!«

Seitdem sich die Bäuerin ernstlich entschlossen hatte, ihrem Neffen ein armes Mädchen zur Frau zu geben, hatte sich das Verhältnis zwischen ihr und Marška sofort sehr freundlich gestaltet. Da ihr Stolz es nicht gestatten wollte, daß ihr Neffe seine Braut aus dem Hofe hole, in dem sie sich als Magd verdingt, hatte sie die junge Schönheit sofort zu sich genommen, und zwar unter dem Vorwand, daß Marška sich umsehen lerne in ihrem zukünftigen Heim.

Da sich die alte Frau also durchaus nicht helfen lassen wollte, verfügte sich Marška von neuem in den Garten. Vor allem trat sie an einen großartigen alten Apfelbaum, an dessen Stamm, aus Holz geschnitzt, eine von kleinen Engeln getragene Mutter Gottes hing, mit dem Jesuskindlein im Arme.

Wie lange sie dort gehangen hatte, wußte niemand, aber ein Lämpchen brannte Tag und Nacht ober ihrem Haupte, und sie galt für wunderthätig, so daß die Mädchen der Umgebung, wenn sie sich in einer irgendwie besonders quälenden Angst und Not befanden, jedesmal bei der Fialkowa anfragten, ob sie nicht in den Garten dürften, zu Füßen der heiligen Maria ihre Gebete zu verrichten. –

Auch Marška hatte am Tage nach ihrer Verlobung lange vor dem Bildnis der heiligen Jungfrau gekniet, – sie hatte um Vergebung gefleht für ihre vergangene Sünde, und um Schutz für ihr zukünftiges Leben, das sie gelobte fleckenlos zu führen, so daß es ihr als Sühne dienen möge für ihre dunkle Vergangenheit!

Seither betete sie jeden Morgen und jeden Abend ein »Vaterunser« und ein »Ave« vor der Heiligen und brachte ihr und dem Christuskind kleine Blumenspenden dar. Die Bäuerin aber erfreute sich an ihrer großen Frömmigkeit.

Heute hing Marška dem kleinen Jesus ein Kränzlein von Gänseblümchen um die Hand, dann setzte sie sich auf ein hölzernes Bänkchen, das sie in den Schatten des Apfelbaumes hineingeschoben hatte, und begann an einem Stück Weißzeug zu nähen. –

Was hatte sie doch für eine schöne Zeit verlebt! Sie gedachte des ersten Abends – des Abends, an dem sie ihm, über die Schulter der Tante, in die Augen geblickt! Ach, was hatte er sich gefreut, was hatte er gejauchzt und geweint und Unsinn gestammelt und abwechselnd ihr und der guten Tante die Hände geküßt!

Und dann, als er sich etwas beruhigt, hatte er mit ihr den Rundgang gemacht durch Haus, Hof und Garten – die schmucken Pferdchen, die fünf schönen rotscheckigen Kühe, die schneeweißen Gänse – alles hatte er ihr gezeigt – in den Hühnerstall, in dem die Hühner bereits alle auf ihren Stangen, den Kopf unter dem Flügel, schliefen, hatten sie nur scherzhaft hineingeguckt.

Dann waren sie draußen gestanden in dem langsam hinzögernden, blassen Frühlingszwielicht – in dem Garten, in den der Duft des taugetränkten jungen Korns von den Feldern zu ihnen herüberschwebte – bis die Tante sie ins Haus gerufen hatte zum Abendbrot.

Davon hatte sie freilich wenig genossen – so gut und einladend es auch gewesen war, da ihr die Aufregung jede Eßlust benahm, aber es war doch so schön gewesen, mit ihm und der freundlichen alten Frau beisammen zu sitzen in der traulichen Stube, die nun bald ihre Stube sein würde, und den Blicken zu antworten, die aus seinen Augen in die ihren strebten.

Den Abend hatte sie lange, lange neben ihrem Bettchen gekniet, das in der Stube der Bäuerin stand. O, sie erinnerte sich noch gut, wie süß das gewesen war, sich auf dem reinen, weißen Linnen auszustrecken, noch glühend von den Küssen des Geliebten und bebend von der Hoffnung auf ein noch herrlicheres, tieferes, heißeres Glück in der Zukunft!

Ihr war zu Mut gewesen, als hätte Gott selber ihr die Last abgenommen, die sie jahrelang bedrückt hatte, – und eh' sie einschlief, war ihr's, als schwebten lächelnde Engel mit langen, weißen Flügeln um ihr Bettchen und einer nach dem andern beuge sich über sie und küsse ihr leise die Augen zu! –

Aus ihren in der süßen, jüngst verflossenen Vergangenheit herumschweifenden Gedanken blickte sie auf ihre Umgebung. Wie schön doch alles war! Die blühenden Obstbäume ragten leuchtend, teilweise schneeweiß, teilweise rosig gesprenkelt in den blauen Himmel, von summenden, Honig suchenden und sammelnden Bienen umwogt; – auf dem frischen, grünen, von Löwenzahn und Gänseblümchen durchblühten Gras tummelte sich eine Schar flaumiger, blaßgelber Gänse. – Sie sagte sich, ehe der Mond ein zweites Mal wechselt, ist das alles dein!

Und sie dachte sich aus, wie sie den Garten nach dieser und jener Richtung verschönern wolle; in einem kleinen Teil wollte sie Gemüse bauen, aber in einem andern wollte sie Rosen ziehen, große, dunkelrote, oder auch zart rosa angehauchte weiße, und dort an der Wand, wo jetzt die Brennesseln und Kletten wucherten, wollte sie den Boden von dem häßlichen Unkraut säubern, wollte ihn behacken und düngen und eine Reihe hoher, weißer Lilien pflanzen, so hoch, daß ihre weißen Kelche über die Mauern ragen und den jungen Bauern grüßen sollten, wenn er von der Arbeit heimkehrte. – Die schönen, alten Fliederbüsche aber wollte sie stehen lassen und pflegen, ja noch einen neuen hinzusetzen, denn Wláda würde sich daran freuen.

Bei allem, was sie unternehmen wollte, dachte sie an ihn. Wie sie ihn liebte! Ihr Herz war wie ein Stück Land, auf dem ungünstige Witterungsbedingungen die Entwicklung aller darin niedergelegten guten Keime zurückgehalten haben, – aber nun ist die Sonne gekommen und lauer Frühlingsregen, und alles fängt an zu blühen.

Während sie noch ganz eingesponnen in lieblichen Träumen dasaß, fiel der Schatten eines Mannes lang und schwarz über den grünen Rasen, über die rosa gesprenkelten Gänseblümchen und den goldenen Löwenzahn.

Dann verschwand der Schatten, vor ihr stand Wilda, der weggejagte Knecht! –

Er kreuzte die Arme über der Brust und starrte ihr unverwandt in die Augen. Seine Kleider waren zerlumpt – seine Glieder bis auf die Knochen abgemagert, aus seinem gelben, verfallenen Gesicht standen verstaubte, schwarze Bartstoppeln.

»Weißt du, woher ich komm'?« sagte er.

»Wie soll ich's wissen,« erwiderte sie.

»Aus Radotin komm' ich,« sagte er.

Es war der Name des Dorfes, in dem sie gedient hatte, nachdem sie St. Pankraz hatte verlassen müssen. –

»Ja, aus Radotin – und die Rihowa läßt dich grüßen!«

Marška tappte im Dunkeln, – auf was er abzielte, erriet sie noch nicht. Immerhin merkte sie, daß es geboten sei, vorsichtig zu sein. –

»So, ich freu' mich, daß sie sich meiner noch erinnert!« erwiderte sie. – »Wenn Ihr sie seht, müßt Ihr sie meinerseits grüßen – Ihr könnt ihr mitteilen, daß ich mich mit Wladimir Srp verlobt habe.« – »Ah! So ist's also wahr, daß du den reichen Bauern heiraten sollst?«

Sie nickte.

»War's der, mit dem du dich geeinigt hattest, ehe er zu den Soldaten ging?«

Wieder nickte sie.

»So ... hm! ...« und noch näher an sie herantretend, fragte er bedächtig: »Wo ist das Kind?«

Einen Augenblick blieb sie starr vor Schrecken, doch sich sofort sammelnd rief sie: »Ich verstehe Euch nicht – von was für einem Kind sprecht Ihr?«

»Von deinem Kind,« erwiderte, sie vom Kopf bis zu den Füßen musternd, der ehemalige Knecht. »Von eurem Kind, – dem Kind, das du ihm geboren hast, während er bei den Soldaten war! Ich dachte, er heirate dich wegen des Kindes.«

Sie wurde abwechselnd rot, dann blaß.

»Ich sage Euch, ich weiß von keinem Kinde,« erklärte sie. – »Laßt mich in Frieden mit Eurer elenden Verleumdung!«

Immer forschender musterte er sie aus seinen eingesunkenen Augen. –

»Ah, so stehen die Sachen!« sprach er, »es war nicht sein Kind! ... Da stellen sich die Dinge anders!« und knapp an sie herantretend: »Was hast du mit dem Kind gethan, Marška, – wohin hast du es versteckt – wo ... Marška ... wo hast du es umgebracht?«

Sie war jetzt weiß wie Kalk – aber ihre alte Verstellungskunst und Gewohnheit hatte sich wieder eingefunden. »Wollt Ihr schweigen,« rief sie herrisch, »sonst lass' ich Euch mit den Hunden hinausjagen! Hört Ihr?«

Er lachte hämisch. »He... he! ... Möglich ist's, daß ich zuerst hinausgejagt werde – aber die zunächst hinausgejagt wird, bist du. – Und wenn du hinausgewiesen wirst aus Haus und Hof und dich schließlich des Nachts aus dem Dorfe herausschleichst, weil du dich bei Tag vor den Leuten schämst, die mit den Fingern zeigen würden auf dich – nun dann wirst du vielleicht gerade schlecht genug sein für so einen, wie ich – dann nimmst du mich vielleicht doch noch, was? Marška, Marška!« er kniete nieder vor ihr und haschte nach dem Saum ihres Kleides, – »Marška! ... komm mit mir – ich kann nicht sein ohne dich – und wenn du ein Kind umgebracht hättest –

mir ist's gleich – ich will dich und keine andre! Ich trage die Hölle in mir – ich habe versucht das Feuer zu löschen mit Branntwein – mein ganzes kleines Hab und Gut hab' ich vertrunken, nur weil ich's nicht aushalten konnte, dich in der Welt zu wissen und nicht die Arme ausstrecken zu dürfen nach dir! – Aber, wenn du mich nimmst, mich armen Sünder, so werde ich wieder ein braver Mensch werden und für dich arbeiten, mich für dich abschinden bei Tag und bei Nacht, Marška, Mařenka!« Wieder drückte er ihr Kleid an seine Lippen, sie aber entzog es ihm herrisch!

Da hörte man einen Pflug über die Straße knirschen, – Wladimir kam von seiner Feldarbeit zurück.

Marška durchfuhr's wie ein Blitz – sie wußte, daß ihre ganze Zukunft auf dem Spiele stand!

Ohne dergleichen zu thun, als ob sie das Nahen des Bräutigams höre, rief sie mit erhobener Stimme: »Jetzt schert Euch fort, hört Ihr -- und hütet Euch ein andres Mal, Eure abscheulichen Lügen zu wiederholen. Sollte ich aber je erfahren, daß Ihr es dennoch thut, so lasse ich Euch wegen Verleumdung vors Gericht stellen, und alle die, welche sich erfrecht haben, falsches Zeugnis gegen mich abzulegen, mit Euch! Hört Ihr?«

Der Knecht stutzte. Ihre Stimme klang so stark, so überzeugt, daß sein Glaube an ihre Schuld schwankend wurde.

Indem war der junge Bauer, Pferd und Pflug auf der Straße stehen lassend, über die niedrige Mauer in den Garten gesprungen . »Wer ist das?« fragte er, auf Wilda deutend.

»Ach, der Knecht, der früher in Bramowitz mit mir gedient und mir nachgestellt hat,« erklärte sie.

»Und was will er hier?«

»Heiraten will er mich – und um es durchzusetzen, ist er mit einer fürchterlichen und blödsinnigen Anschuldigung gekommen, – behauptet, ich hätte ein Kind gehabt, – ich ... aber so frag' doch in der ganzen Welt herum, in allen meinen Diensten, ob man auch nur das Geringste gegen mich vorbringen kann, – ob ich auch nur einen Burschen angesehen hab' ...«

Wilda stand da mit baumelnden Armen und tiefgesenktem Kopf.

Der junge Bauer versetzte ihm mit der Peitsche, die er noch in der Hand hielt, einen scharfen Hieb über seinen gekrümmten Rücken. »Und jetzt marsch, hörst du, – und wenn du noch einmal wagst, meine Braut mit deinen elenden Verleumdungen zu verunglimpfen, so zerbrech' ich dir jeden Knochen, den du im Leib hast!«

Der Elende kroch davon.

Obzwar der junge Bauer ihre Auseinandersetzungen gläubig hingenommen hatte, blieb Marška den ganzen Tag unruhig. –

Bis jetzt hatte sie gehofft, daß die Vergangenheit begraben sei, daß sie ihr Glück würde ruhig genießen, – die Vergangenheit aber durch einen fleckenlosen Lebenswandel sühnen können.

Und nun – ehe sie sich dessen recht versah, was sie that, – ehe sie Zeit gefunden, es zu überlegen – hatte sie im Kampfe um ihr Glück von neuem gelogen mit der alten Geschicklichkeit und Unverfrorenheit. – Und sie schämte sich dafür – kaum daß es geschehen war, schämte sie sich. Dazu kam eine große Unruhe – die Frage: Wer weiß, ob's mir nützt! – Und wenn er je von dem Schrecklichen, was ich gethan habe, erfährt, werd' ich nur noch häßlicher dastehen durch meine Lüge als früher. Und so verzweifelt war sie, daß sie einen Augenblick daran dachte, sich zu seinen Füßen niederzuwerfen und ihm alles zu gestehen!

Aber statt dessen ... lehnte sie ihr Köpfchen an seine Schulter und ließ sich den bösen Schrecken wegstreicheln und wegküssen von ihm. Und seine Küsse waren wie ein berauschender Trank, in dem ihr Bewußtsein unterging – freilich nur zeitweilig. Denn kaum, daß sie sich selbst überlassen blieb, fing sie von neuem an zu grübeln und zu schwanken zwischen nergelndem Bereuen ihrer Lüge und gespannter Angst, daß ihr dieselbe nichts nützen würde! – Da und dort tauchte eine schreckhafte Erinnerung aus ihrer Vergangenheit auf, die, wie sie in ihrem aufgeregten Zustand wähnte, unwiderstehliches Zeugnis ablegte für ihre Schuld! – Würde der Knecht wiederkommen, seine Beschuldigungen erneuern? ... Den ganzen Tag horchte sie auf seinen Schritt... er kam nicht! Die Schatten wurden lang, in dem alten Apfelbaume, unter dem sie heute vormittag gesessen, hörten die Finken auf zu singen – er kam nicht! Später erzählte man ihr, daß er damals den ganzen Tag in der Schenke gesessen habe – einsam in einem Winkel, ein Glas nach dem andern hinabstürzend, während ihm die Thränen über die Wangen herunterliefen. – –

Es war eine stille, sterndurchschimmerte Aprilnacht, die auf den Tag folgte. – Marška schlief unruhig. Sie hatte einen schrecklichen Traum. – Zur Hochzeit geschmückt, stand sie in dem alten, kahlen Kämmerchen, in dem sie als kleines Kind mit ihrer Mutter gehungert und gefroren und – glücklich gewesen war. Und die Mutter war wieder da, und half Marška sich schmücken, und dabei liebkoste sie Marška wie in der alten Zeit und freute sich an ihrem Glück. Und plötzlich ging die Thüre auf ... Marška dachte, es sei der Bräutigam, der sie zu holen kam. Aber nein, es war nur die alte Fialkowa, die erschien, und zwar mit einem ganz fremden, harten Gesicht. Sie trug etwas in ihrer Schürze versteckt, und an Marška herantretend, sagte sie: »Sieh, was ich hier gefunden hab'!« Dann zog sie aus der Schürze den schlaffen, graubleichen Körper eines toten Kindes!

In dem Augenblick klang ein polternder Schlag in ihren Traum hinein. Sie erwachte. Zugleich fingen die Hunde an zu heulen.

Die Bäuerin machte Licht. – Da die Hunde nicht aufhörten, so ging sie ihren Neffen wecken. Dieser jedoch war schon auf. Er ging mit ihr durch Haus und Hof, einen etwaigen Dieb zu suchen. – Natürlich wurden zuerst die Geflügelställe in Augenschein genommen. Aber nichts Verdächtiges zeigte sich.

»Im Hof ist's nicht, – wir müssen in dem Garten nachsehen,« meinte der Bauer. »Aber bleib doch im Hause, du erkältest dich noch in der feuchten Morgenluft!«

Die alte Bäuerin schüttelte den Kopf, sie war neugierig; auch war sie während des langen Siechtums ihres Mannes so sehr gewöhnt gewesen, alles zu besorgen, daß sie immer noch in dem Wahne weiter lebte, es könne etwas versäumt werden, wenn sie nicht selber nach dem Rechten sähe.

So gingen sie denn mitsammen. Die Dämmerung war indessen durchsichtiger geworden. Durch die blühenden Baume zog sich ein wehmütiger Laut, der Tau fiel langsam, in großen Tropfen aus ihren Zweigen in das Gras, das schwer von Nässe müde nach einer Seite lag, wie ein vom Gewitter umgeworfenes Getreidefeld. Am östlichen Horizont schimmerte unter feuchtem, grauem Dunst ein schmaler, blutroter Strich. – Im übrigen hatte der Himmel noch keine Farbe, und das Licht, welches die Erde erhellte, war glanzlos. – Eine Lerche fing an zu trillern, hoch und rein.

Sie warfen suchende Blicke dahin und dorthin – die alte Bäuerin und der junge Bursche – sie blickten in alle Winkel, untersuchten das Gestrüpp ... nichts!

Die Hunde heulten noch immer. Einer hatte sich losgerissen und schleppte seine rasselnde Kette über den Rasen. – Er fing an zu schnuppern – unter dem alten Apfelbaum sprang er kerzengerade in die Höhe. – Die Suchenden eilten, zu sehen, was es gab. – Sie erblickten ein paar schwielige, braune Füße, die zwischen den duftigen Apfelblüten herabhingen – – unter dem Baum lag zerbrochen die wunderthätige Maria.

»Um Gottes willen!« – –

Ein paar Minuten später, als die Bäuerin in die Kammer zurückkehrte, wo sie mit Marška schlief, stand das Mädchen am Fenster des Kämmerleins, das auf den Garten hinaussah – gerade in den alten Apfelbaum hinein.

Totenblaß, nur mit ihrem Hemd und einem dünnen Röckchen bekleidet, stand sie da. Den Blick über die Blumentöpfe im Fenster auf den blassen Morgendunst draußen geheftet, zitterte sie vor Angst und vor Kälte.

»Du weißt es schon?« fragte die Bäuerin.

»Was soll ich wissen?« murmelte Marška, indem ihr die Zähne aneinanderschlugen.

»Der Wilda, der arme Teufel, hat sich erhenkt – dort in dem großen Apfelbaum, nachdem er vorher die Maria heruntergerissen hat, die Zunge starrt ihm blau zum Munde heraus, und er hat ganz weiße Augen. Es ist schrecklich – Wlada ist bereits zum Vorsteher gelaufen, um die Sache anzuzeigen.«

»Wie schrecklich!« murmelte Marška, der Atem kam keuchend aus ihrer Brust. – Plötzlich die alte Frau fast krampfhaft am Arm packend, fragte sie: »Ist er tot?«

*

Ja, er war tot – mit ihrem roten Tüchlein, das er damals als unrechtmäßiges Gut aus dem Dienst, den er um ihretwillen hatte verlassen müssen, mitgenommen, hatte er sich erhenkt unter den blütenbeladenen Zweigen des alten Apfelbaumes an dem starken eisernen Haken, an dem jahrzehntelang die wunderthätige Maria gehangen hatte.

Er war tot und konnte nie mehr Zeugnis ablegen gegen sie. – Doch, wenn sie im allerersten Moment sich des Umstandes grausam freute, so dauerte das nur kurz.

Sie hoffte, sie würde es überwinden – es gelang ihr nicht.

Immer hatte sie das Gefühl, als trüge sie die Leiche des Selbstmörders im Herzen, so schwer war ihr Herz.

Und wenn sie der Bräutigam auf die bleichen Wangen küßte und sie fragte, was ihr sei, so konnte sie nur mit überströmenden Augen lachen und ihn versichern, daß es die Liebe sei, die an ihr zehre!

Aber auf die Länge ging das nicht an, – sie wußte, daß selbst er ihr das mit der Zeit nicht mehr glauben würde! Was dann? ... Sie hatte kein Vertrauen mehr in ihr Glück und fast keine Freude daran! – Sie sah, daß sie würde weiter lügen müssen, immer lügen! Und sie war so müde!

*

Die Hochzeit nahte.

Zwei Aufbietungen waren bereits vorüber, – am nächsten Sonntag sollte die dritte sein.

Marška hatte sich von neuem etwas beruhigt. Zum wenigsten war es ihr gelungen, die unangenehmen Erinnerungen, welche der häßliche Auftritt mit Wilda und sein hierauf erfolgter Selbstmord in ihr wachgerufen, aus dem Weg zu schieben. Weit freilich waren sie nicht, – das wußte sie selber, und es quälte sie oft genug, aber sie hatte sich hineinfinden gelernt, wie man sich darein findet, mit dem Bewußtsein einer unheilbaren Krankheit weiter zu leben, die einem heute oder morgen den Lebensfaden abschneiden kann.

Das einzige äußere Merkzeichen ihrer inneren Verstimmung bestand darin, daß sie sich vom frühen Morgen bis in die späte Nacht noch weniger Ruh und Rast gönnte, – daß sie noch fleißiger war als früher.

Die Bäuerin hörte nicht auf, sie dem Neffen zu loben. Zwei so fleißige Hände und ein so heller Kopf seien mehr wert als eine Mitgift, versicherte sie ihm.

Eines Morgens, als Marška soeben damit beschäftigt war, in der Scheuer einer alten Glucke und ihren fünfzehn frisch ausgebrüteten Kücken Futter zu streuen, rief sie die Bäuerin in den Hof hinaus. »Komm mal her, Maruška! Du bist so vernünftig in diesen Dingen und kennst dich aus; und da ich dir ohnehin binnen kurzem das Kommando abtrete, so ist es nur gerecht, daß du in allen wichtigen Dingen heute schon dein Wort zu sagen hast!«

»Um was handelt sich's denn, Frau Mutter?« fragte Marška, indem sie dieser in den Hof hinaus folgte, in welchem sie Wladimir bereits mit einem nachdenklichen Gesicht stehen sah.

»Um folgendes handelt sich's: Die Katherina hat uns angegangen um Arbeit. Und wir überlegen, ob wir sie in die Arbeit nehmen sollen oder nicht.«

»Da ich nicht weiß, von wem die Rede ist, so kann ich keine Ansicht aussprechen,« meinte Marška, worauf die Bäuerin ihr – die Stimme dämpfend – mitteilte: »Eine Unglückliche ist sie, der Mädchenfänger, der schwarze Hans, hatte sie verführt – sie hat ihr Kind umgebracht ... im Wahnsinn! Dann war sie lange im Irrenhaus. Einmal ist sie entsprungen, ein halbes Jahr später wurde sie als geheilt entlassen. Aber die Leute scheuen sich doch noch immer vor ihr, obzwar sie eigentlich ganz vernünftig ist und fleißig.«

»Hat sie gar keine Rückfälle?« fragte Wladimir nachdenklich.

»O ja, von Zeit zu Zeit – und besonders, wenn sie eine Hochzeit in der Nähe wittert. Wenn das nicht wäre, hätte ich mir's nicht weiter überlegt! Natürlich, als Magd nähme ich sie unter keiner Bedingung, aber ... in den Taglohn ginge es vielleicht doch! Schau dir das Mädel an – es ist jetzt so schwer, Arbeiterinnen zu bekommen für die Rübe! Komm her, Katscha!«

Ein Mädchen, das bis dahin teilnahmslos, ein Bündel neben sich, den Kopf gesenkt, in einem Winkel des Hofes auf einem großen Stein gehockt hatte, trat vor.

Sie war groß und hager und hatte über der Stirn gescheiteltes schlichtes, rotes Haar.

Sofort erkannte Marška in ihr das Frauenzimmer, welchem sie an jenem entsetzlichen Morgen begegnet war, als sie vom Moor zurückkehrte, – aber jetzt erst kam sie sich dessen zum Bewußtsein, daß jene schlichte, mit Grassicheln beschäftigte Arbeiterin und die Irrsinnige, welche sie an der Kosteletzer Straße liebestolle Sehnsuchtsweisen hatte singen hören, – dieselbe sei. –

»Die wollt Ihr aufnehmen? – das kommt mir doch recht bedenklich vor,« sagte sie langsam.

In diesem Moment hob die rothaarige Katherina den Kopf, heftete den Blick voll auf die schönheitsstrahlende Braut, dann die blassen Lippen von den Zähnen zurückschiebend, erhob sie drohend die Faust. Ehe man sich dessen versah, war sie aus dem Hofe verschwunden. –

»Ich glaube, daß du ganz recht hattest, ihr nicht zu trauen,« bemerkte die alte Bäuerin. – »Deine Dazwischenkunft hat uns möglicherweise vor einer großen Dummheit bewahrt. Offenbar ist's noch immer nicht in Ordnung mit ihr da oben!« Die Bäuerin deutete auf ihre Stirn. –

»Armes Ding!« murmelte mitleidig der junge Bauer, »solche Schufte wie der schwarze Hans verdienen doch nur die Bank und die Peitsche.«

»Dir hat er ja auch einmal nachgestellt, Mařenka – der Elende!«

»Mir? ... Was Euch einfällt! ... Ich weiß gar nichts von ihm,« versicherte Marška rasch.

»Aber du sagtest mir doch . . . damals, weißt du, als du plötzlich davongelaufen warst von dem Fest in Slawin – da sagtest du, daß er dich verfolgt habe ...« bemerkte betroffen Wladimir. –

»Ach richtig!« rief hastig Marška. – »Richtig! Das hatt' ich ganz vergessen – nein, wie man so etwas vergessen kann ... das heißt, ich hatte es gar nicht vergessen – nur nicht gleich gewußt, daß von dem die Rede ist! – Ja – ja – jetzt erinnere ich mich! Es war schrecklich! –«

Die Bäuerin hatte nicht mehr zugehört – Wladimir aber sah ein wenig verwirrt aus – zum erstenmal machte ihn irgend ein Ausspruch seiner Braut stutzig! –

Freilich vergaß er alle seine Zweifel beim nächsten Kuß. –

Als Marška jedoch Zeit fand, über den kleinen Vorfall nachzudenken, bemächtigte sich ihrer eine große Niedergeschlagenheit.

»Es geht zu Ende mit mir,« sagte sie sich – »nicht einmal ordentlich lügen kann ich mehr – ich hab's verlernt!«

*

Es war geschehen! ... Sie hatte gebeichtet! Als katholische Braut hatte sie es thun müssen vor der Hochzeit! – Bis zum letzten Augenblick hatte sie sich gefragt, ob nicht der Moment gekommen sei, endlich ihre Last niederzulegen zu den Füßen Gottes.

Ihr Glück war ja kein Glück mehr, nur eine von Wonneschauern beunruhigte und verschärfte Pein! Besser ein Ende machen! ...

Entweder der Priester erteilte ihr einfach die Absolution, oder ... er erklärte ihr, daß sie die Absolution nur unter der Bedingung erhalten könne, wenn sie dem Bräutigam ein unumwundenes Geständnis ihrer Schuld machte. – Sei's darum. – Alles war besser, als sich so weiter quälen! – – – Aber die Scham, die fürchterliche, zwingende! – Nein, lieber sterben, als ihm vor die Augen treten mit dem Geständnis!

Dem Priester hätte sie ihre Schuld bekennen mögen, – ach wie gern! – irgend jemand, der sie bemitleidet, beruhigt hätte. Sie sehnte sich jetzt danach, wie sie sich danach gesehnt hatte, als sie den Dienst verlassen wollte in Bramowitz – nur, um vor dem quälenden Glücksgespenst sicher zu sein, um irgendwo Ruhe zu finden! – –

Aber gezwungen zu werden, vor *ihn* hinzutreten – *ihm* ihre Schmach zu gestehen, nein, nie ... nie ... nie!

Und doch ... es war eine Todsünde, sich Absolution erteilen zu lassen, nachdem man ein begangenes Unrecht verschwiegen hatte.

Sie wußte nicht mehr, wie sie sich drehen und wenden sollte! – – Bis zum letzten Augenblick hatte sie gekämpft und gezweifelt! – – und dann ihr häßliches Geheimnis für sich behalten! – Als sie den Beichtstuhl verließ, war sie krank!

*

Am nächsten Morgen sollte die Hochzeit sein!

»Ach, wenn der Morgen nur gekommen wäre!« dachte sie eine Minute – und in der nächsten dachte sie: »Wenn er nur nie kommen würde, nie!«

Nicht eine einzige Nacht hatte sie ordentlich geschlafen, seit der Knecht sich erhenkt hatte. Und ihr verlangte so nach Schlaf. Sie sagte sich, daß sie das Schlafen wieder lernen würde in den Armen des Liebsten, – dann seufzte sie mutlos. Aus dem Hof herüber hörte sie ihn lustig ein Liedchen pfeifen. Er beschäftigte sich im Stall da-mit, seinen Pferden bunte Bänder in die Mähnen zu flechten.

Sie hatte ihm zugesehen und die Bänder gereicht, dann sich weg-geschlichen unter dem Vorwand, daß sie der Frau Mutter helfen wolle beim Kuchenbacken.

Aber auch beim Kuchenbacken hatte sie es nicht lange ausgehal-ten, hatte sich mit ihrer Unruhe hinausgeflüchtet in den Garten.

Erst war sie aufgeregt hin und her gegangen, dann hatte sie sich niedergesetzt auf den Boden, sie stützte die heißen Handflächen auf den frischen Rasen, um sie zu kühlen.

Die Fliederbüsche an der Gartenmauer fingen an zu blühen. Die weißen waren schon stärker entwickelt als die veilchenblauen – gerade unter einem weit auslaufenden Ast des weißen Fliederstrau-ches ging der Mond auf, groß und blaß in einem breiten lila Dunst-streifen, der sich höher hinauf in einen blaßgrünen Himmel verlor. –

Es war die Walpurgisnacht – auf den fernen Höhen fingen die Hexen verscheuchenden Feuer bereits an, den blassen Frühlings-abend zu durchflackern. –

Aus dem Dorf herüber tönte Tanzmusik, aus dem nahen Haus klang die geschäftige Thätigkeit der Bäuerin und ihrer Gehilfinnen, – man hörte Zucker stoßen, Mandeln hacken, Eier schlagen – alle die verschiedenen Geräusche, die einem großen Schmaus vorangehen. Dazwischen tönte das Stampfen der Pferde im Stall und das fröhlich gepfiffene Liedchen des jungen Bauers! –

Ringsum herrschte eine festliche Stimmung, in die etwas Gespenstisches hineinschauerte!

Der Flieder duftete stark. – Langsam stieg der Mond. Er verkleinerte sich im Emporschweben, zugleich fing seine Scheibe an zu glänzen – vorerst ganz schwach. –

Jetzt ... Von fern drang's über alle andern Geräusche herüber:

Drei rote Rosen am Uferrand,
Wo er mit mir sich in Liebe fand –
Drei spitze Dornen in meinem Fuß,
Seit früh und spät ich ihn suchen muß! ...
Komm ... komm ... komm!

Ein Kränzlein auf Haaren leuchtend wie Gold,
Ein Lächeln auf Lippen von Liebe hold ...
Zerrissen das Kränzlein, getaucht in Blut,
Ein totes Kind in der Erde ruht ...
Komm ... komm ... komm!

Marška horchte auf. Es ging ihr durch Mark und Bein. Sie wollte fliehen, doch ehe sie einen Entschluß gefaßt hatte, stand die tolle Katherina vor ihr. Das bleiche Gesicht schimmerte geisterhaft aus der Umrahmung der verworrenen Haarsträhne heraus. – Auf dem Kopf trug sie wie damals am Rand der Kosteletzer Straße einen welken Blumenkranz.

Sie legte beide Hände auf die Mauer und den Kopf vorschiebend, stierte sie Marška in die Augen. Marška war wie festgezaubert, – sie atmete kaum. Da endlich streckte die Närrin den Arm gegen sie aus, mit dem Finger deutend: »Ah ... ha ... du bist's!« murmelte sie – und dann verzerrte sich ihr Gesicht zu einem Lächeln, das so grausig und starr war wie ihr Blick.

Jetzt lachte sie – es war wie das Lachen eines Käuzchens, und zugleich machte sie die Gebärde des Kinderwartens.

Marška wurde eiskalt – es war ihr, als wäre plötzlich der Winter zurückgekommen und hätte seinen erstarrenden Frost über sie geworfen und alles, was sie umgab.

Sie wendete sich, machte ein paar fliehende Schritte dem Hause zu. – Da fühlte sie eine harte, kalte Hand auf ihrem Arm, – das unheimlich heisere Lachen klang knapp an ihrem Ohr. Die Närrin war über die Mauer gesprungen und stand neben ihr.

»Laß mich los – oder ich schrei'!« drohte Marška.

»Schrei' nur,« erwiderte die andre hämisch – »es soll mich freuen, wenn die Leute zusammenlaufen. Ich hab' ihnen etwas zu erzählen, eine hübsche Geschichte. Hörst du ... eine sehr hübsche Geschichte ... von einem Mädchen und einem Kind ... es war ihr Kind ... ihr Kind – und sie hat es umgebracht – und dann hat sie's begraben dort draußen im Moor – du weißt wohl wo!«

»Schweig!« zischte Marška ... »Du selbst warst's, die ihr Kind umgebracht hat!«

Die Närrin nickte ernsthaft ... »Das ist wahr,« sagte sie, »aber das ist lange her, – die andre Geschichte kam später, viel später! – o, ich weiß genau – seit mein Kind tot ist, schneid' ich jedes Jahr ein Kreuz in die große Erle im Moor. – Drei Kreuze waren drin, als ich dich sah, – jetzt sind deren sechs und nächstens schneid' ich das siebente in den Baum. – Es war früh am Morgen, kurz, nachdem man mich herausgelassen hatte aus der Burg, in der mich die eifersüchtige Prinzessin gefangen hielt.«

Marška war's, als höre sie jemand kommen. Sie sah sich um – die Närrin duckte sich unter den Fliederstrauch. – Sie hatte Marška losgelassen, aber Marška rührte sich nicht. Sie hatte keine Lust mehr, vor der Närrin zu fliehen. Ein Mann ging vorüber unten auf der Straße. – Als sein Schritt verhallt war, fragte Marška mit mühsam herausgepreßter, heiserer Stimme: »Was willst du eigentlich von mir?«

»Was? ... O, das ist ganz einfach!« – die Närrin nickte mit dem Kopf – »daß du mir zu einem Schatz verhilfst – das will ich. – Du hast mir ihn abspenstig gemacht – o, du warst nur eine von vielen, aber geküßt hat er dich doch, und dann hast du gethan, was ich gethan hab' – und doch bist du glücklich, hast den schönsten Burschen in der ganzen Gegend und alles die Hülle und Fülle. Ich habe nichts. – Verschaff mir einen Schatz, sonst mach' ich dir den deinen abspenstig!«

Marška stand da wie vernichtet. Die Närrin erhob sich, legte ihre Hand in den Arm der Braut. – »Dort!« murmelte sie, nach der Richtung des Moores deutend, »dort wachsen Kräuter, deren Blüten die Kelche öffnen, wenn die Sonne scheint, und sie schließen, wenn die Sonne untergeht – Kräuter, die aus Herzblut herauswachsen. Die Kräuter muß eine Braut pflücken in der Nacht vor ihrer Hochzeit bei Vollmondschein; daraus braut man einen Trank, einen Wundertrank. Wer davon getrunken hat, wird jung und schön und bezaubert alle Männer! Du sollst mir die Kräuter holen – hörst du?«

»Aber welch ein Einfall! – Wie kann ich mich denn wegschleichen in der Nacht?«

»Das ist deine Sache. Ich weiß nur, daß ich die Kräuter haben muß, oder willst du, daß ich den Leuten die hübsche Geschichte erzähle – morgen, wenn du den Kranz auf dem Kopf neben dem schönsten und reichsten Bauern im Ort – aus der Kirche gehst, und dann gehen wir alle ins Moor und suchen ... suchen ... und was finden wir dort?« – wieder das tonlose, gespenstische Lachen ... »finden – Knöchelchen ... kleine ... kleine Knöchelchen.«

Eine Thür knarrte im Haus. – »Wißt Ihr nicht, wo die Marška ist?« hörte man die Stimme des Bräutigams fragen.

»Ich bring' dir die Kräuter, aber jetzt geh!« rief Marška.

»Gut! Um Mitternacht erwart' ich dich!«

Sie kroch über die Mauer und hatte gerade noch Zeit sich niederzuducken, als Wladimir in den Garten trat.

»Was ist denn mit dir, mein Täubchen, warum läufst du mir davon, du Abscheuliche?«

»Ich hatte Kopfschmerzen, ich konnt' es im Hause nicht aushalten. Sei nicht bös – ich hab' dich so lieb, so lieb!«

Sie drückte sich tiefer in den Fliederbusch hinein, während sie sprach.

Die halbgeöffneten, schwermütig duftenden Rispen bebten leise, als habe sich ihnen die Wonne des Liebespaares mitgeteilt.

Der Mond stand jetzt hoch am Himmel und warf sein unheimliches weißes Licht über die Welt – in der Ferne glühten die Hexenfeuer!

Aus dem Dorfe flüsterte Tanzmusik halb verwischt, und über das alles hinaus tönte jetzt – durchdringend – sehnsüchtig klagend und zuversichtlich zugleich – die Stimme der Wahnsinnigen.

»Komm – komm – komm!«

Marška fing an zu überlegen. Vielleicht half sie sich durch eine List.

Sie konnte ja früh am Morgen ausgehen, irgendwo Kräuter sammeln und sie der tollen Katherina einhändigen. Im übrigen, was schadet es, was die sagte, niemand würde ihr Glauben schenken – sie brauchte ja nur von neuem zu lügen – zu lügen!

Aber sie hatte es verlernt, sie log nicht mehr mit der alten Sicherheit!

Und während sie sich grübelnd abängstigte und quälte, stand sie vor dem Plättbrett und glättete ihren Hochzeitsstaat, und der Bräutigam hinter ihr, drückte warme Küsse auf ihren weißen Hals und ihr kleines rosiges Ohr, – und flüsterte ihr zärtlichen Unsinn zu!

Endlich war alles bereit für den Morgen. Der Brautstaat lag ausgebreitet auf dem Tisch in der guten Stube, in welcher mit Federkissen hochgetürmt die Gastbetten standen – und im Winter auf Streu geordnet die Aepfel aufbewahrt wurden. –

Auf Brettern, sorgfältig einer an den andern gereiht, lagen die goldgelben Kuchen in der Vorratskammer –

Man legte sich zu Bett.

Die Bäuerin, müde von der vielfachen Beschäftigung des Tages, schlief bald fest – Marška vermochte die Augen nicht zu schließen. – Ihre Lider waren wie gelähmt. – Endlich that sie sich Gewalt an, kehrte das Gesicht gegen die Wand, nahm den Rosenkranz in die Hand und versuchte alles zu vergessen – ihr Schicksal Gott anzuvertrauen! –

Da, als sie endlich im Begriff stand, einzuschlummern, fuhr sie auf! –

Was war das? ... Hatte nicht jemand ans Fenster geklopft? ...

Sie horchte atemlos. – Ja, ganz deutlich ... jetzt wieder ... drei Schläge, als ob ein Vogel mit seinem Schnabel daran gepickt hätte. –

Sie wollte sich noch einmal zum Schlafen zurechtlegen, – da wurde das Pochen stärker, dann hörte sie leise, aber immer lauter das schrecklich krächzende Lachen! –

Sie stand auf und schlich an das Fenster. Im blassen Mondschein sah sie die Närrin vor dem Fensterchen kauern. –

Die Bäuerin regte sich. Marška blieb das Herz stehen. Die Bäuerin setzte sich auf. »Was hast du? Warum bist du aufgestanden?« fragte sie.

»Mir war's, als ob ich jemand ans Fenster hätte klopfen hören – aber es war nichts,« erwiderte Marška, indem sie sich kaum atmend ihrem Bett zuwendete. –

Von draußen tönte noch einmal das heisere Lachen der Irrsinnigen. –

»Ein Käuzchen ist's,« rief die Bäuerin und schlug ein Kreuz. »Gott bewahre uns vor einem Unglück!« Sie faltete die Hände zum Beten. Das Gemurmel auf ihren Lippen verstummte, ehe sie ihr Vaterunser zu Ende gebracht hatte! –

Nun begann das Klopfen von neuem. Marška knüpfte sich ein Unterröckchen um und schlüpfte hinaus.

Als sie in den Garten kam, sprang die Rothaarige auf sie zu, legte ihre kalte, feuchte Hand auf den warmen Arm des Mädchens und zog es mit sich fort.

»Geschwind!« flüsterte sie – »komm!«

Marška gehorchte willenlos. Ueber Wiesen und Felder ging sie, ohne zu wissen, was sie that. Der Mond stand hoch am Himmel, alle Gegenstände warfen scharfe, schwarze Schatten.

Sie ging und ging – immer im gleichen Schritt, immer mit derselben Gedankenlosigkeit.

Sie wußte nicht mehr, was sie zu suchen gekommen war, nur daß sie bis zum Moor gehen mußte, das wußte sie noch.

Einmal blieb sie stehen – sie erkannte den Baum mit den hineingeschnittenen Kreuzen – den Baum, unter dem sie ihr Kind totgeküßt hatte. Und plötzlich war's ihr, als hielte sie das Kind noch einmal in den Armen. Es war kalt und schwer, – es wurde immer schwerer – schwerer – sie keuchte unter der Last.

Der Boden wurde weich, ihre bloßen Füße sanken bis über die Knöchel in die schwarze Erde.

Jetzt blieb die Irrsinnige stehen. »Ich will dich hier erwarten, bis du zurückkommst!«

Die Hoffnung hatte aufgehört, Marška bethörende Märchen zu erzählen, nicht ein Pulsschlag rief mehr zu ihm zurück!

Sie wußte, daß sie nie mehr wiederkehren würde zu ihm, – ohne zu denken wußte sie's!

Sie hatte keine Sehnsucht mehr nach ihm. Die Liebe schwieg, nur ein großes, lähmendes Grauen war wach – alles andre in ihr erstarrt!

Das Moor lag vor ihr. Die Weidenbüsche ragten aus der Fläche; graue Dünste krochen über das Gras. – Da und dort schimmerte ein seichter Tümpel. – Sie ging und ging! Vom Rande des Sumpfes tönte es:

> Zerrissen das Kränzlein, getaucht in Blut,
> Ein blasses Kind in der Erde ruht,
> Im Sumpf gebettet, liegt's kühl und still –
> Einer neuen Liebe ich's opfern will!

Dann schauerlich wollüstig:

> Komm! – komm! – komm!

Die Närrin hielt ihre Hände vor den Mund und preßte rasende Küsse darauf!

Aus dem fernen Dorf hörte Marška das langgezogene Krähen eines Hahnes.

Der Mond war verschwunden, rosa Schimmer breiteten sich über den weißen Himmel.

Der Morgen nahte! ... Dort endlich erblickte sie die Blumen, welche die Närrin verlangte. – Sie wollte auf die Stelle zueilen, – es war die Stelle, wo ihr Kind begraben lag. Sie konnte sich nicht überwinden, darauf zu treten. –

Einen Augenblick stand sie wie festgebannt, ratlos! ...

Eine Kröte hüpfte an ihr vorbei. Da dachte sie an den Augenblick, wo gerade so eine Kröte an ihrem Kind vorbeigehüpft war, und sie es auf den Schoß genommen hatte, um es zu schützen.

Sie erinnerte sich an die Berührung seiner zarten Gliederchen! ... Ihr Kopf war wirr, ihr Herz schwer! ...

Mit einemmal war ihr's, als strecke das Kind seine zwei Händchen aus dem Sumpf ihr entgegen. – Nur die zwei Händchen, kleine bleiche Händchen sah sie von ihm – sonst nichts!

Sie stieß einen Schrei aus – dann die Arme weit ausstreckend, warf sie sich mit dem Gesicht auf den weichen, warmen Boden – – langsam ... langsam ... schloß sich das Moor über ihr. –

*

Als das Morgenlicht die Bäuerin weckte, und sie das Bett Marškas leer fand, erschrak sie anfangs nicht sehr – sie dachte, die Aufregung habe das junge Mädchen aus dem Bett getrieben. Aber als sie kurz darauf dem Bräutigam begegnete, der – trotz der frühen Stunde – bereits im Hof herumschaffte, und ihn fragte, wo Marška sei, und er ihr keine Auskunft geben konnte, wurde sie sehr unruhig. Obzwar sowohl die Bäuerin als der Bräutigam ihre Angst durch die Vermutung zu beschwichtigen trachteten, daß Marška auf die Wiese hinausgewandert sein mochte, um Blumen zu pflücken – begannen sie doch nach ihr zu fragen – sie zu suchen!

Die Stunden vergingen, die ersten Hochzeitsgäste, die, welche aus den entlegenern Ortschaften herbeikamen, trafen ein – von Marška keine Spur!

Da verbreitete sich die unglaubliche Nachricht, ein in der Nacht über die Heerstraße aus Bramowitz heimkehrender Bauer habe die närrische Katherina mit einem zweiten Mädchen über den Feldrain wandeln sehen, der zum Moor führte. Anfangs habe er sich's gedacht, es müsse die Marška sein, doch sich diesen Gedanken nachträglich als eine thörichte Einbildung ausgeredet.

Am besten wäre es wohl, die Närrin zu befragen – die nun schon den ganzen Morgen klagend und sich die Haare raufend am Rande des Sumpfes herumschleiche!

Sie eilten an das Moor – der junge Bauer, die alte Bäuerin und das ganze Dorf hinter ihnen drein!

Die Wahnsinnige befand sich allerdings am Rande der Unglücksstelle. Auf streng und kurz an sie gerichtete Fragen gab sie ziemlich genaue Auskunft. Sie gestand, daß sie Marška veranlaßt habe, im Moor nach Kräutern zu suchen. – Ueber den Grund, welcher Marška bewogen hatte, ihrem irrsinnigen Verlangen nachzugeben, blieb sie stumm – dafür bezeichnete sie sehr genau die Stelle, wo sich der grüne Rasen über Marška geschlossen hatte. –

Man glaubte ihr nur halb – immerhin wurde sogleich das Moor durchsucht. Ehe die Sonne untergegangen war, hatte man die Leiche des jungen Mädchens gefunden – neben ihr lag ein kleines Kindergerippe! – – –

Über tredition

Eigenes Buch veröffentlichen

tredition wurde 2006 in Hamburg gegründet und hat seither mehrere tausend Buchtitel veröffentlicht. Autoren veröffentlichen in wenigen leichten Schritten gedruckte Bücher, e-Books und audio-Books. tredition hat das Ziel, die beste und fairste Veröffentlichungsmöglichkeit für Autoren zu bieten.

tredition wurde mit der Erkenntnis gegründet, dass nur etwa jedes 200. bei Verlagen eingereichte Manuskript veröffentlicht wird. Dabei hat jedes Buch seinen Markt, also seine Leser. tredition sorgt dafür, dass für jedes Buch die Leserschaft auch erreicht wird.

Im einzigartigen Literatur-Netzwerk von tredition bieten zahlreiche Literatur-Partner (das sind Lektoren, Übersetzer, Hörbuchsprecher und Illustratoren) ihre Dienstleistung an, um Manuskripte zu verbessern oder die Vielfalt zu erhöhen. Autoren vereinbaren direkt mit den Literatur-Partnern die Konditionen ihrer Zusammenarbeit und partizipieren gemeinsam am Erfolg des Buches.

Das gesamte Verlagsprogramm von tredition ist bei allen stationären Buchhandlungen und Online-Buchhändlern wie z. B. Amazon erhältlich. e-Books stehen bei den führenden Online-Portalen (z. B. iBookstore von Apple oder Kindle von Amazon) zum Verkauf.

Einfach leicht ein Buch veröffentlichen: **www.tredition.de**

Eigene Buchreihe oder eigenen Verlag gründen

Seit 2009 bietet tredition sein Verlagskonzept auch als sogenanntes "White-Label" an. Das bedeutet, dass andere Unternehmen, Institutionen und Personen risikofrei und unkompliziert selbst zum Herausgeber von Büchern und Buchreihen unter eigener Marke werden können. tredition übernimmt dabei das komplette Herstellungs- und Distributionsrisiko.

Zahlreiche Zeitschriften-, Zeitungs- und Buchverlage, Universitäten, Forschungseinrichtungen u.v.m. nutzen diese Dienstleistung von tredition, um unter eigener Marke ohne Risiko Bücher zu verlegen.

Alle Informationen im Internet: **www.tredition.de/fuer-verlage**

tredition wurde mit mehreren Innovationspreisen ausgezeichnet, u. a. mit dem Webfuture Award und dem Innovationspreis der Buch Digitale.

tredition ist Mitglied im Börsenverein des Deutschen Buchhandels.

Dieses Werk elektronisch lesen

Dieses Werk ist Teil der Gutenberg-DE Edition DVD. Diese enthält das komplette Archiv des Projekt Gutenberg-DE. Die DVD ist im Internet erhältlich auf **http://gutenbergshop.abc.de**

FSC
www.fsc.org
MIX
Papier | Fördert
gute Waldnutzung
FSC® C083411

Zeitfracht Medien GmbH
Ferdinand-Jühlke-Straße 7
99095 Erfurt, Deutschland
produktsicherheit@kolibri360.de